DES BASES

DE LA

CERTITUDE MÉDICALE

CONFÉRENCE D'OUVERTURE

DU COURS DE THÉRAPEUTIQUE ET DE MATIÈRE MÉDICALE A LA FACULTÉ
DE MÉDECINE ET DE PHARMACIE DE LILLE

PAR

Le Dr A. JOIRE

PROFESSEUR DE THÉRAPEUTIQUE ET DE MATIÈRE MÉDICALE
A LA FACULTÉ DE MÉDECINE DE LILLE

Lauréat de la Faculté de médecine de Paris (1838),
Ancien Médecin en chef de l'Asile d'aliénés de Lommelet (près Lille),
Membre et ancien Président de la Société centrale de médecine du département du Nord,
Membre du Conseil central de salubrité du département du Nord,
Inspecteur des Pharmacies de l'arrondissement de Lille,
Membre titulaire de la Société scientifique de Bruxelles,
Médecin de l'Hospice-Général,
Officier d'Académie.

PARIS
LIBRAIRIE G. MASSON, ÉDITEUR
LIBRAIRE DE L'ACADÉMIE DE MÉDECINE
10, Rue Hautefeuille, 10

1877

OUVRAGES PRINCIPAUX DU MÊME AUTEUR

De l'effet des vomitifs sur la marche des maladies. — Mémoire couronné par la Faculté de Médecine de Paris, 1838 (1er prix Corvisart).

De l'apoplexie pulmonaire. — Thèse inaugurale, Paris, in-4o, 1839.

Des logements du pauvre et de l'ouvrier, considérés sous le rapport de l'hygiène publique et privée dans les villes industrielles du Nord. (Annales d'hygiène, 1851, t. XLV)

Mémoire statistique sur l'Asile d'aliénés de Lommelet (in-8o, Paris, 1852).

Étude sur la circulation chez l'homme et les animaux (in-8o, 1855).

Note sur la physiologie et la pathologie du cœur (Gazette des hôpitaux, 1861, 1er et 10 octobre).

De l'hémorrhagie des méninges chez les aliénés (in-8o, 1857).

Examen de la question du danger de la saignée dans l'apoplexie cérébrale (Gazette de hôpitaux, 19 27, 31 août 1858).

Note sur les tumeurs sanguines du pavillon de l'oreille chez les aliénés. (Gazette des hôpitaux, 5 janvier 1866.)

Observations de cysticerques nombreux développés dans le cerveau d'un aliéné. (Gazette des hôpitaux, 21 février 1860.)

Remarques critiques sur une cachexie spéciale prétendue pellagreuse propre aux aliénés. (Revue médicale, 28 février, 30 avril, 15 mai 1861.)

De l'ingestion dans les voies digestives chez les aliénés de substances étrangères à l'alimentation. (Bulletin médical du Nord, juin, juillet 1862.)

De l'ivrognerie considérée comme forme de folie suicide (in-8o, 1864).

Rapport sur le choléra dans la ville d'Armentières en 1866 (in-8o, extrait des travaux du Conseil d'hygiène du Nord).

Note à propos de la proposition de M. Théophile Roussel à l'Assemblée nationale, relative à la protection des enfants en bas-âge (in-8o, 1875).

Introduction à l'étude de la physiologie (vol. in-12, Paris, 1864).

Questions industrielles, questions sociales, considérations sur l'état présent et l'avenir des classes ouvrières en France (vol. in-12, Paris, 1870).

Histoire de la ville d'Armentières pendant la Révolution (vol. in-8o, 1876).

Travaux divers insérés dans les rapports annuels du Conseil de salubrité du département du Nord.

DES BASES

DE LA

CERTITUDE MÉDICALE

CONFÉRENCE D'OUVERTURE

DU COURS DE THÉRAPEUTIQUE ET DE MATIÈRE MÉDICALE A LA FACULTÉ
DE MÉDECINE ET DE PHARMACIE DE LILLE

PAR

Le Dr A. JOIRE

PROFESSEUR DE THÉRAPEUTIQUE ET DE MATIÈRE MÉDICALE
A LA FACULTÉ DE MÉDECINE DE LILLE

Lauréat de la Faculté de médecine de Paris (1838),
Ancien Médecin en chef de l'Asile d'aliénés de Lommelet (près Lille),
Membre et ancien Président de la Société centrale de médecine du département du Nord,
Membre du Conseil central de salubrité du département du Nord,
Inspecteur des Pharmacies de l'arrondissement de Lille,
Membre titulaire de la Société scientifique de Bruxelles,
Médecin de l'Hospice-Général,
Officier d'Académie.

PARIS
LIBRAIRIE G. MASSON, ÉDITEUR
LIBRAIRE DE L'ACADÉMIE DE MÉDECINE
10, Rue Hautefeuille, 10

1877

Je réponds au désir de quelques amis en reproduisant en tête de ce travail le discours sur la *Dignité de la Profession médicale* dont l'édition publiée en 1866 s'est trouvé rapidement épuisée.

DE LA DIGNITÉ

DE LA

PROFESSION MÉDICALE

DISCOURS

prononcé dans la séance de rentrée de l'École de médecine
et de pharmacie de Lille, le 7 décembre 1865.

2e ÉDITION

Discite. . . .
. . . quem te deus esse jussit,
et humanâ quâ parte locatus es in re.
(*Perse, satire* 111.)

MONSIEUR LE RECTEUR,
MESSIEURS,

MESSIEURS LES ÉLÈVES,

Il y a, dans la vie, des heures qui laissent de leur passage
une trace plus profonde ; celle-ci semble destinée à porter
pour nous cette durable empreinte. Pour vous elle marque
le premier pas dans une carrière que vous avez choisie sous
l'empire peut-être de sentiments divers, mais à la suite sans
doute de graves et sérieuses réflexions ; pour les plus labo-
rieux d'entre vous, elle va servir à la proclamation d'un
titre que l'on estime déjà partout à l'égal d'un grade ; —
l'Ecole de Lille, par le renom de ses fortes études et l'importance de ses concours annuels, a le droit de penser que
le titre de Lauréat conquis dans son sein sera, pour ses
élèves, un témoignage de haute valeur à la confiance de

leurs concitoyens ; — pour vos maîtres enfin, elle devient l'occasion d'une de ces leçons d'expérience et de vie pratique si essentielles à la jeunesse et en l'absence desquelles, exposée à mille dangers, elle ne s'avance dans sa voie qu'au prix des plus grands efforts et quelquefois de bien des chutes.

C'est assez dire que nous déposons en ce moment toute préoccupation scientifique. Nous venons de reprendre tout à l'heure le rude labeur d'une nouvelle année d'études, et une heure de relâche ne nous semble pas interdit; notre parole d'ailleurs, ne s'adresse pas seulement à vous, et on doit s'attendre à nous voir envisager la science à un tout autre point de vue.

La profession médicale dans ses rapports avec la Société moderne pourrait devenir le texte de considérations importantes ; c'est une page sur ce sujet que je veux essayer de vous présenter aujourd'hui.

Mon but est de vous donner une haute idée de la profession que vous avez embrassée. Vous n'en connaîtrez la beauté et la grandeur qu'en appréciant bien les devoirs qu'elle impose, et vous n'en avez peut-être pas encore jusqu'ici mesuré l'étendue.

Loin de moi cependant la pensée de faire passer sous vos yeux des motifs de refroidissement et de regret; j'aurais plutôt à vous adresser des paroles de gratitude pour la détermination que vous avez prise. Mais, il faut que vous le sachiez, de même qu'il y a dans nos armées des corps qui ne se recrutent que parmi les hommes éprouvés par la bravoure et le dévouement, il y a de même, dans la société, des carrières qui semblent marquées d'un caractère d'élection, et la médecine peut être considérée comme une cohorte d'élite. Tel est le fait, Messieurs, dont j'entreprends la démonstration devant vous; j'inscris ici pour titre: *De la Dignité de la profession médicale.*

A un autre point de vue, j'ose aspirer à vous intéresser encore, car je vais parler de votre avenir.

L'avenir! mot fascinateur, devant lequel nul regard ne demeure indifférent, nulle attention distraite. Que de fois le jeune homme, à l'abord de la vie publique, s'est efforcé à pénétrer les secrets d'un livre dont les pages ne s'ouvrent jamais qu'une à une à chaque couchant de soleil, jusqu'au couchant de la vie! Eh bien, je viens dire ce que sera cet avenir pour chacun de vous : il sera toujours en rapport avec la mesure de dignité qui brillera dans votre carrière ; et si je parviens à démontrer que la dignité dépend de la volonté de l'homme, je pourrai dire que votre avenir, c'est vous qui le ferez.

I.

Je définis la dignité, la valeur de l'homme.

L'homme, considéré en lui-même, tire sa valeur de ce qu'il possède, de son pouvoir plutôt que de ses actes; considéré par rapport à la société, il ne vaut que par ce qu'il donne. De là découle ce fait que la dignité est complètement subordonnée au dévouement, au sacrifice.

On conçoit qu'au point de vue de l'économie sociale, il doive en être ainsi ; car si la dignité, sous une autre acception, peut être définie le témoignage de vénération rendu par l'homme à l'homme, le dévouement à la société doit seul en être l'objet.

Tout acte qui n'a pour fin que l'intérêt personnel n'a pas droit à ce titre, et quiconque fait valoir à cet égard les sacrifices dirigés uniquement par l'égoïsme, commet une erreur; la société ne lui doit rien, il n'a rien fait pour elle.

Le dévouement se déploie dans une double sphère ; celle de la famille et celle de la société.

Le dévouement à la famille semble tout spontané et comme d'instinct ; il est aussi le plus ardent et le plus fort. Cependant, par une admirable économie de la Providence, il coûte moins à l'homme ; et cela devait être, la conservation de la famille en dépend. C'est là que nous voyons l'expression du sacrifice portée à ses dernières limites : la vie de la mère est prête à se donner, quand il le faut, pour mettre au jour l'être fragile formé dans son sein ; le père n'hésitera pas à se dévouer pour sauver, dans le danger, ceux qui lui doivent la vie ; et les poignantes angoisses qu'éprouvent l'un et l'autre à la vue d'un péril qui menace leurs enfants témoignent assez de la prédominance d'un sentiment dont rien au monde ne peut balancer l'énergie, puisqu'il surmonte celui de l'existence.

Mais ce dévouement si étendu qu'il soit, n'a pas droit encore aux honneurs de la dignité publique.

L'homme, borné dans le temps, se perpétue par la famille, et l'amour qu'il porte autour de lui, n'est que l'expansion de l'amour de lui-même ; ce ne serait donc qu'une forme d'égoïsme. Là, d'ailleurs, il reçoit, dans le cercle restreint où s'est déployée sa sollicitude, l'hommage d'une vénération et d'un respect qui n'a nulle part une plus haute expression : grande est la dignité de l'homme dans la famille ; il en est le fondateur et le soutien ; là, il est maître, il est roi, et, pour tout dire d'un seul mot, il est père.

Cependant la famille élève des enfants pour la société et l'homme alors travaille aussi pour elle, puisqu'il accroît le nombre des membres destinés à la servir.

La société ne peut être indifférente à un aussi haut intérêt ; aussi, dans tous les temps, a-t-elle entouré de ses respects les hommes qui ont donné à l'Etat de nombreux et dévoués serviteurs ; et quand ceux-ci se sont distingués par des actions utiles et ont brillé par d'éminentes vertus, on a vu leurs mères, à l'exemple de Cornélie, les montrer avec orgueil comme leurs plus chers trésors.

Le dévouement, réalisé au sein de la société, est d'un ordre tout différent ; le sentiment affectif que nous venons de rencontrer si puissant n'apparaît plus ici ; le premier et le plus puissant mobile des actes de l'homme, celui qui lui est le plus naturel, c'est l'amour de lui-même.

L'homme, livré aux inclinations de sa nature, est peu sympathique à l'homme ; il n'aime ce qui l'entoure qu'en proportion de ce qui peut converger à son profit ; jamais l'amour d'autrui, jamais un intérêt étranger ne pourra contrebalancer un instant le moindre de ses avantages ; et le dévouement gratuit de sa part ne peut être que le fruit d'un effort, d'une réaction contre l'égoïsme ; de là vient que la société attache à cet acte un cachet de grandeur et qu'elle le rémunère par le témoignage d'estime le plus élevé dont elle dispose.

L'idée de la dignité est donc inséparable de celle du sacrifice ; et cette auréole d'honneur imprimée au front de l'homme devient, dans l'économie sociale, le mobile du dévoûment.

L'une des plus fortes passions de l'homme, l'amour de la gloire, sert alors de contre poids à l'égoïsme ; et, selon la mesure prédominante de ce sentiment, il ira, pour conquérir l'honneur, jusqu'au sacrifice de la vie, entrevoyant après lui le rejaillissement de ses rayons sur son nom et sur sa famille.

Mais, il faut le remarquer, l'énergie de ce mobile n'est pas constamment et partout la même ; son influence bien souvent se montre subordonnée aux courants de l'opinion dans l'atmosphère sociale.

L'amour de la gloire et de l'honneur suppose la répression des passions basses et communes ; ce sentiment ne subsiste qu'à la condition de dominer tous les autres ; aussi ne l'attendez pas d'un peuple que l'intérêt dirige: La gloire, a dit un écrivain, ne représente rien, où l'or représente tout. Vous le chercherez en vain chez une nation corrompue; il n'y a là de vie que pour les sens et d'ardeur que pour les plaisirs grossiers, le dévoûment est chose tout-à-fait inconnue, et un poète peut alors, sans rougeur au front, écrire ce vers:

« L'honneur est un vieux saint que nous ne chômons plus. »

Mais il faut à la vie sociale autre chose que ces actes frappants par l'éclat de leur grandeur; les dévouements obscurs et ignorés qui sont de tous les instants et constituent, pour ainsi dire, la sauvegarde de la société demeurent, pour la plupart, sans rémunération et sans fruits personnels; et bien que de notre temps la sollicitude du pouvoir en saisisse au passage quelques-uns qu'elle honore d'un hommage public, il faut dire qu'il en est bon nombre et des plus généreux qu'elle ne découvrira jamais.

La science qui se nomme *positive*, méditera longtemps encore sur l'essence des mobiles qui déterminent les dévouements à la société; considérant l'homme dans les conditions de sa nature, elle n'aboutit et n'aboutira jamais qu'à une formule plus ou moins dissimulée de l'amour-propre. Et, de ce point de vue, quand elle voit passer devant elle ces sacrifices de toutes sortes, si multipliés et si grands à la fois, elle demeure saisie d'un étonnement qui semble dire qu'elle n'en trouve pas les éléments dans l'homme tel qu'elle l'a conçu; et elle est tentée de les attribuer à l'influence de je ne sais quoi qu'il tient de son organisation.

Qu'elle continue donc, je l'en convie, à rechercher le vrai point d'appui du sacrifice dans la société; qu'elle jette les yeux dans le passé, qu'elle regarde de tous côtés dans le présent, et si elle découvre un jour, dans quelque coin du globe, un peuple qui soit parvenu à faire pratiquer le dévouement à autrui sans nulle arrière-pensée d'avantage personnel, à donner du sacrifice l'idée la plus sublime au point de l'élever au charme de l'amour, elle doit aussitôt scruter les bases d'un pareil établissement, s'enquérir à tout prix de son organisation et répandre partout le bienfait d'une pareille lumière *comme la véritable théorie du Progrès.*

Je m'arrête dans la pensée d'avoir suffisamment montré, du point de vue où je me suis placé, la connexion, au sein de la société, de la dignité et du sacrifice.

II.

Dans la méditation du sujet qui m'occupe, je m'étais proposé, et je m'en promettais un vrai plaisir, de faire passer sous vos yeux les carrières diverses représentées dans le corps social et d'en faire ressortir les traits de grandeur, mesurés toujours au niveau du sacrifice qu'elles imposent et des services qu'en recueille la société elle-même. Le temps que votre bienveillante attention me concède, ne me le permet pas; je suis forcé de le consacrer tout entier à vous montrer les phases diverses de notre carrière profession-nelle, vous laissant le soin d'apprécier ensuite s'il nous revient en effet quelque mérite.

Durant le cours des dernières années que vous venez de compter, Messieurs, il s'est rencontré une heure bien grave, bien solennelle : c'est celle où vous vous êtes posé sérieusement une question à laquelle forcément vous avez dû répondre; que vais-je faire? que vais-je devenir?

Sans doute, avant le moment de sa solution, cette ques-tion a dû bien des fois passer devant vous; et à travers les carrières nombreuses dont vous aviez sous les yeux les types divers, malheureux ou prospères, obscurs ou bril-lants, entourés d'indifférence ou couronnés d'honneurs, votre imagination a dû longtemps flotter indécise. De temps en temps, je suppose, certaines figures préférées apparais-saient dans vos rêves d'avenir; sous l'empire des exemples de dévouement et d'abnégation que vous avez admirés, sous l'œil de vos maîtres, dans les grands hommes de tous les temps, vous avez salué de vos sympathies l'idée de

pareilles carrières,et vous incliniez facilement vers cellesqui
semblaient les plus dignes et les plus justement honorées ;
enfin, l'heure venue d'une résolution décisive, vous avez
choisi la nôtre.

Mais, laissez-moi vous le demander, vous êtes-vous déter-
minés en pleine connaissance des choses ? en abordant la
carrière médicale, en avez-vous bien apprécié toutes les
charges, ou n'en avez-vous vu que les côtés faciles et les
rares, les trop rares agréments ? A quels mobiles avez-vous
cédé dans votre détermination ? dans quelle disposition d'esprit demeurez-vous en ce moment?

Ces diverses questions, ce semble, méritent bien de
nous arrêter un instant, et leur examen ne trouve, nulle
part, sa place mieux marquée.

Il en est parmi vous, sans doute, qui ont obéi à de nobles
et généreux sentiments ; qui sont venus avec la ferme
volonté d'accepter la voie pénible de l'abnégation et du
sacrifice, et qui voient dans l'avenir, comme dédommage-
ment de leurs travaux, l'auréole de dignité dont la société
couronnera leur nom.

D'autres, plus libres, et moins soucieux des hautes célébrités, entraînés par l'attrait d'un dévouement plus pur,
acceptent, quoiqu'il arrive, toutes les charges de la carrière, et, contents d'un rôle modeste mais utile, consentent
à n'avoir pour champ de travail qu'un espace étroit et
obscur où ils recueilleront amplement les témoignages de
gratitude de cœurs sincères et dévoués, mais impuissants à
créer le prestige d'une réputation vaste et brillante.

Quelques déterminations peut-être ont été le fruit de
considérations plus intimes : la perte d'un père,d'une mère,
considérée comme imminente, a été conjurée sous leurs
yeux par la science et le dévouement ; et, à la vue de pareils
bonheurs, qui sont pour nous des actes de tous les jours,
ils se sont écriés, dans un généreux et digne élan: Moi aussi
je veux être médecin !...

Ah! qui que vous soyez qui avez cédé à de pareils entraînements, soyez les bienvenus. Vous pourrez ne voir se réaliser qu'une partie de vos perspectives ; mais vous acceptez les charges de notre position, vous ne reculez pas devant le sacrifice qu'elle impose, vous n'avez pas d'illusions, et les tableaux qui vont passer tout à l'heure devant vous ne vous feront pas changer ; encore une fois, grâces vous soient rendues.

Mais des sentiments différents ont peut-être pesé dans la détermination de plusieurs ; vous avez fermé les yeux devant les rigoureuses exigences qui nous incombent, et considérant comme des conquêtes faciles les places les plus élevées et les plus brillantes, vous n'avez vu dans la médecine que le chemin de la fortune, de la considération et des honneurs.

Grande est votre erreur, Messieurs ; si tels sont vos sentiments, je ne crains pas de le dire, de cruelles déceptions vous attendent ; et je vous adjure de vous arrêter un instant avant de faire encore un seul pas vers nous ; car, si vous nourrissiez toujours de pareilles idées, je craindrais pour vous-mêmes, je tremblerais pour l'honneur de ma profession, pour la société.

Et ne croyez pas d'abord, quel que soit votre choix, faire votre place dans le monde sans labeurs et sans peines ; les apparences sont bien souvent trompeuses, et ceux-là mêmes que la fortune, comme on dit, semble s'être complue à accabler de ses faveurs ont eu à dévorer bien des amertumes secrètes. C'est chez nous moins qu'ailleurs qu'il faut chercher bien-être et richesse faciles ; et quiconque sent en lui-même l'antipathie du sacrifice doit partout ailleurs chercher sa voie.

L'expérience démontre que c'est parmi ces hommes que se rencontrent les caractères les plus dangereux pour l'honneur de la profession. Ils ont pu, à leur début, conserver quelque temps le respect d'eux-mêmes ; mais bientôt, découragés et déçus dans leurs rêves de fortune, manquant de cette vertu des grands cœurs qui accepte sans amertume le travail et le dévouement alors même qu'ils sont rémunérés par l'ingratitude et l'oubli, ils jettent au vent des viles passions un reste d'honneur, et nous présentent l'aspect de ces tristes défections dont les exemples autour de nous sont malheureusement loin d'être rares.

La mauvaise foi et l'audace sont appelées alors au service d'une intelligence heureusement douée qui a manqué de courage pour attendre le succès du travail et du temps ; et le médecin, l'homme du dévouement par excellence, devient le charlatan éhonté qui ne craint pas de traîner dans la poussière des places publiques l'honneur et les insignes d'une belle dignité sociale, et qui, à la face de tout un peuple étonné de tant d'impudence, vient, au moyen d'annonces mensongères et de réclames absurdes, exploiter autour de lui la crédulité vulgaire et la faiblesse d'esprit, et s'engraisse, pendant de trop longs jours, du prix des sueurs du pauvre et du pain de ses enfants.

Vous trouverez là aussi les adeptes de ces déloyautés professionnelles qui se révèlent à nos regards sous des formes si multipliées et si étranges, et qui tous, sous le voile parfois des plus purs sentiments, portent écrit sur un front de bronze : *défaillance de l'honneur*.

Tels seraient, Messieurs, les dangers d'une préoccupation tout empreinte d'égoïsme qui aurait présidé à votre entrée dans notre carrière. Avant d'aller plus loin, sondez un peu votre cœur, et si vous n'y trouvez pas assez de vertu pour accepter tous les sacrifices, assez de volonté pour résister aux entraînements des viles passions, ah ! reculez plutôt ; quoique vous fassiez dans le monde, quelque place que vous y preniez, vous serez toujours plus heureux que dans une profession où on peut faire tant de mal quand on ne fait pas tout le bien qu'elle réclame.

Mais attendez; je veux vous montrer les diverses situations que peut présenter l'exercice de la profession médicale, et, tout à l'heure, après cette rapide revue, vous prendrez votre parti.

III.

Je vous considère sorti triomphant de toutes les épreuves scientifiques qui ont donné à vos maîtres le témoignage de votre aptitude ; vous avez conquis, après de longues années de travail, ces grades qui vous supposent capables de porter le fardeau d'une responsabilité quelquefois bien pesante. Chacun de vos actes, va devenir, dans le monde, l'objet de scrupuleuses et délicates investigations ; de vos premiers pas qui seront ou des succès ou des revers dépendra, peut-être, votre avenir tout entier. Et cependant, jeune et sans expérience, comment subirez-vous ces épreuves ? Qui vous mettra en garde contre la présomption et l'imprévoyance, écueils ordinaires de votre âge ? Des malheurs, des décep-tions peut-être, vous attendent au seuil de la carrière ; mais rappelez-vous que quelque grands que soient les revers, vous avez dans vos mains le moyen d'en conjurer, en grande partie du moins, le danger.

La société pardonne beaucoup à qui lui donne beaucoup ; et, si sévère qu'elle soit dans ses arrêts, elle ne cesse jamais d'être mère à l'égard de ceux qui se dévouent pour elle. Assurez donc le succès de votre avenir par le sacrifice.

Quel que soit le lieu dont vous aurez fait choix, le séjour d'une grande cité ou la résidence d'une modeste bourgade, vos premières années seront toujours les plus pénibles et les plus difficiles ; vous n'aurez d'abord à ré-pondre qu'à l'appel des classes indigentes, et n'aurez à attendre, en retour de vos fatigues, que de bien faibles dédommagements.

Mais votre rôle quelquefois sera différent dans les soins

donnés au pauvre et dans votre dévouement mis au service
du riche ; vos consolations et vos joies seront également
diverses.

Près du premier, dès qu'apparaît de votre part un sentiment de sympathique intérêt, sa confiance vous est acquise
tout entière ; votre entrée dans la famille est pour tous un
instant de bonheur, et si des inquiétudes sérieuses planent
sur le sort d'un de ses membres, vos paroles affectueuses
bien souvent les dissipent en attendant que votre science
ait pu conjurer le mal et ramener autour de vous sérénité
et bonheur.

Je doute fort que, dans vos heures de plaisirs, vous goû-
tiez jamais une satisfaction égale à celle que procure à votre
dévouement la reconnaissance du pauvre. Et quand arrive
un revers, quand vos efforts sont demeurés impuissants
devant les ravages d'une maladie dont la mort est devenue
le terme, ne croyez pas qu'on vous impute là ce désastre,
comme l'ignorance le fait parfois ailleurs ; témoin de votre
douleur la famille du pauvre oubliera un instant la sienne
pour exonérer votre responsabilité d'un résultat funeste.
Vos peines de ce côté ne seront pas payées du moins par
l'indifférence et l'oubli.

Mais les services rendus au peuple reçoivent parfois plus
tard une autre récompense ; le témoignage de sa confiance
envers le médecin se renouvelle volontiers dans les circonstances de la vie publique, et c'est pour nous un titre
d'honneur dont nous avons droit d'être fiers.

Le rôle du médecin là où règne l'aisance et la fortune
rencontre parfois, il faut le dire, des dispositions tout
autres.

Sans doute les égards et le respect ne vous feront pas
défaut, mais vous arriverez avec plus de peine à obtenir
cette confiance dont vous étiez ailleurs en pleine possession.
On discute vos décisions avant de les accepter ; on est bien
aise de montrer qu'on n'est pas étranger aux connaissances

médicales; pourvu du bagage scientifique puisé très légèrement dans ces livres qui prétendent mettre toutes les connaissances humaines à la portée de toutes les fantaisies, on prend le droit de libre examen; on veut raisonner avant de se soumettre, et pour fronder la foi médicale on se targue parfois des propos de la malveillance qui imputent à certains médecins l'incrédulité de leur science.

Mais les notions incomplètes de l'homme du monde entraînent parfois, avec le naufrage de la confiance, une appréhension et une frayeur de la maladie portées aux dernières limites. Nous voyons des hommes d'une haute intelligence et même des vrais savants, concilier dans leur esprit, — je ne sais comment, en vérité,— le dédain de la science médicale avec la crédulité du Bon homme dans les conseils du premier venu.

On prend plaisir à répéter toutes les facéties dont les travers de nos confrères de l'autre siècle ont été l'occasion, et, que l'on soit malade ou non, on va le soir au théâtre applaudir aux traits d'esprit décochés contre les médecins pour le lendemain réclamer dans le salon les conseils d'un habile faiseur.

Notre dignité, on le conçoit, ne subit pas ces épreuves sans ressentir quelque atteinte; le médecin est peu honoré là où on n'apprécie pas l'importance des services qu'il peut rendre, et il doit réagir contre de pareilles impressions par un redoublement de travail sérieux et un surcroît de dévouement à la société.

Mais votre devoir ne vous appelle pas seulement à traiter des malades, il a un autre but également utile qui s'exerce bien plus dans la médecine du pauvre que dans celle du riche: c'est celui de prévenir la maladie en éloignant les causes capables d'altérer la santé.

Le médecin hygiéniste a, de ce côté, une mission importante à remplir; il doit agir par ses conseils et ses sollicitations sur l'ouvrier, à l'effet de le soustraire à toutes les influences désastreuses qui l'entourent, le convier à la sobriété et à la régularité dans l'usage des aliments, le prévenir du danger de l'abus des boissons enivrantes, cause si fréquente de ses malheurs sous tous rapports, lui signaler ie danger de la concentration de l'air dans sa demeure, celui de l'encombrement et de la malpropreté ; lui insinuer l'esprit de prudence dans ses travaux de l'atelier et le danger de ces brutales machines qu'il ne faut jamais approcher qu'en tremblant ; enfin, quand un déplorable accident vient frapper l'incurie et l'insouciance, appelé aussitôt à intervenir pour limiter autant qu'il peut et réparer le désordre produit, le médecin doit du moins tirer parti de l'irréparable malheur et le produire en leçon préventive au profit de l'inexpérience.

Que de malheurs pareils frappent tous les jours nos regards, qui sont le fruit de l'incurie de l'ouvrier plutôt que de la négligence des chefs d'atelier ! ..

Après cette vue générale de la carrière du médecin, voyez-le sur des théâtres spéciaux, attaché à une catégorie de misères humaines. Vous n'en trouverez aucun où il n'ait à pratiquer cet oubli de lui-même et ce rôle d'abnégation qui lui est propre.

Considérez-le au service de ces asiles de la souffrance et du malheur, où il aime tant à déployer les ressources de son intelligence, j'allais dire de son génie, soit pour découvrir de nouveaux remèdes à opposer à des maladies mieux connues ou à des formes plus graves, soit pour inventer ces innombrables machines destinées à corriger les difformités des blessures, soit enfin pour créer des opérations nouvelles, nécessitées par ces nouveaux engins de mort que les perfectionnements de la mécanique et les progrès de l'art de la guerre ont produits

Et ici, on le voit, le médecin n'a plus seulement à lutter

par le dévouement ; c'est la lutte de l'intelligence qui veut s'élever à la hauteur des dangers de l'homme et qui appelle à son aide le génie de la mécanique pour conjurer les ravages que produisent, dans leurs jeux violents, les inventions nouvelles de la mécanique elle-même.

Mais voici un autre milieu où son zèle va se déployer sous une forme différente encore ; ce ne sont plus seulement les misères physiques qui vont frapper ses regards, il aura en même temps devant lui le spectacle des misères morales.

Le médecin des Asiles pénitenciers et des prisons n'a plus seulement la mission qui lui incombe ailleurs, il doit en remplir une autre.

Outre la science médicale, il doit ici invoquer à son aide les connaissances de l'hygiéniste ; il est appelé à intervenir souvent pour prévenir autour des malheureux confiés à ses soins l'apparition de ces maladies meurtrières qui naissent du défaut d'une aération suffisante, se combinant avec l'encombrement et la malpropreté individuelle.

Mais il ne peut considérer sans pitié le sort de ces êtres aussi malheureux que coupables, qui ne doivent trop souvent cette triste situation qu'aux vices d'une éducation sans principes et aux désastres d'une littérature criminelle ; et alors que tout ce qui les entoure ne leur laisse que des impressions odieuses, ils voyent du moins une figure que leur enfance a appris à respecter et peut-être à bénir.

Le prisonnier se rappelle qu'autrefois, dans une pauvre et triste demeure, un médecin a visité son père malade, a consolé sa mère et que lui petit enfant, sur son passage, a été salué de son sourire. Le médecin, dans sa pensée, est toujours un être consolateur ; bien qu'il n'ait jamais vu celui de la prison, il va à lui avec confiance, en fait le confident de ses peines ; et quelquefois lorsque, dans ces heures sinistres d'exaspération et de délire, il semble avoir rompu tout frein, quand il demeure rebelle à la voix de ceux qui sont commis à sa garde, il cède et se soumet à la voix du médecin.

Mais avouez du moins que de la part de celui-ci il faut autre chose que de l'égoïsme, et que la vie d'un pareil milieu exige bien quelque abnégation.

Cependant, nous l'avons vu, le zèle exercé là n'est pas sans consolation. Tout sentiment affectif n'est pas banni de ces cœurs qui semblent presque inaccessibles aux impressions élevées ; et parce que peut-être les consolations et les témoignages d'intérêt leur sont rares, la moindre parole sympathique attire de leur part reconnaissance et respect.

Il est un autre cercle où se passe quelquefois la vie du médecin et où il ne rencontre même pas ce dernier sentiment. Sa mission l'appelle à observer et à guérir non-seulement les maladies du corps, mais aussi les affections de l'âme, dans ces asiles où apparaît la misère de l'homme à son extrême limite. Que dis-je ? ce n'est plus l'homme que l'on voit, ce n'en est que la figure ; c'est l'être humain au dernier degré de sa décadence.

L'animal considéré dans la sphère de son espèce est beau et parfait parce qu'il possède les prérogatives de l'instinct que lui a départi le Créateur. Mais que voulez-vous que soit l'homme privé de l'intelligence, qui n'a plus même le dernier degré de l'instinct, celui de la conservation ?

Le principe qui préside à la vie, l'âme, est encore présent au corps ; mais, comme l'a dit un grand écrivain, elle y est enchaînée, comme dans une prison, et rien que la vie du corps ne traduit sa présence.

Eh bien, jugez ce qu'il faut au médecin d'abnégation, pour vivre sans cesse au sein d'une pareille société et avec l'assurance de ne recueillir de tous côtés autour de lui que dédain et ingratitude. Mais aussi, quelle œuvre immense pour qui comprend la grandeur et l'étendue de sa mission ! Ses soins pour conserver la santé doivent être d'autant plus grands, qu'il est le seul à y pourvoir et que ceux-là qui en sont l'objet en ont moins de souci, et sont eux-mêmes des causes de danger.

L'asile d'aliénés est un monde, les formes de folie représentent les caractères divers qui distinguent les hommes, et le médecin doit être le chef, l'arbitre, en même temps que l'ami et le défenseur de tous. Mais pour accomplir une œuvre utile, il a besoin de rencontrer à ses côtés des dévouements absolus et un égal désir de servir ces êtres les plus malheureux sans contredit, qui ne sont plus des hommes mais qui peuvent, grâce à une sollicitude active et dévouée, le devenir encore.

Cette partie de notre mission peut, à un autre point de vue être considérée comme un champ de bataille: quelques-uns parfois succombent à la peine et voyent leur intelligence sombrer pour jamais au spectacle incessant de la décadence de l'homme ; d'autres, — je ne sais s'ils sont les plus malheureux, — saisis par la mort au milieu de leur œuvre de sacrifice, sont tombés victimes de l'assassinat par la main d'un forcené armé d'un instrument de travail. Et ce ne sont pas là des épisodes de romans, mais des traits d'histoire d'hier et qui peuvent, au milieu d'un continuel danger, se reproduire demain.

Mais voici venir des situations plus fécondes encore en occasions de dévouement,

On ne conteste nulle part que l'une des carrières les plus honorées et les plus dignes de l'être, par le sacrifice qu'elle impose, ne soit la carrière des armes. Le médecin aussi appartient à l'armée ; on le voit au poste du danger toujours prêt à porter secours là où le choc est plus terrible, la lutte plus acharnée ; aussi, malgré le respect qu'il inspire dans les deux camps, tombe-t-il quelquefois victime de coups qui ne lui sont pas destinés. Il est rare que les bulletins de nos grandes batailles ne portent pas, à côté des noms les plus braves, ceux de nos collègues qui ont fait par l'audace du dévouement l'admiration de leurs chefs.

Mais le danger pour nous n'est pas là seulement : l'inviolabilité des ambulances et le respect des blessés n'est pas toujours observé ; on a vu quelquefois le vainqueur, dans sa fureur coupable, s'acharner de bien loin à frapper des lieux qu'abritait le drapeau de la neutralité. La société a flétri depuis longtemps de pareils actes à l'égal des crimes ; il y a des lois internationales tacitement convenues qui ne permettent pas la violence contre un ennemi par terre ; la France n'a jamais cessé de respecter ces lois, elle a eu parfois à souffrir de leur infraction par ses adversaires, et plus d'un des nôtres est tombé victime malheureuse au moment peut-être où il sauvait la vie au frère d'armes de son meurtrier. Car, vous le savez, il n'y a pas pour le médecin de nationalités distinctes, il n'y a que des blessés ; et le droit à la priorité de son dévouement c'est la gravité du mal et l'urgence même de ses soins pour conserver la vie.

Quelque terrible que soit la mêlée des batailles, il y a pour le médecin un autre champ de sacrifices plus terrible encore.

Le soldat, du moins, au plus fort du combat peut regarder son ennemi en face, il peut répondre coup pour coup à celui qui le frappe ; nous savons combien la lutte contre un ennemi invisible est plus affreuse.

Cependant c'est là notre partage dans l'une des phases de notre carrière la plus pénible, la plus dangereuse qui soit : J'ai désigné la mission du médecin dans les Epidémies.

Longtemps avant d'avoir à déployer son zèle contre un de ces fléaux qui frappent les peuples de stupeur, le médecin, suit d'un regard impassible et calme, sa marche envahissante ; il observe ses progrès, compte tous ses pas, suppute

son parcours et les espaces qu'il franchit ; il prévoit quelquefois ses stations prolongées, ses déviations qui frappent
de surprise, ses retours en arrière et enfin ses bonds pro-
digieux qui le font éclater soudain là où on était loin de
l'attendre.

Mais en Epidémie comme en bataille, la peur est le premier danger, et au lieu d'attendre l'ennemi, il est mieux,
nous le savons bien, de l'aller trouver. C'est aussi la tac-
tique du médecin. Le mal vu de près paraît quelquefois
moins terrible qu'observé de loin, et l'enquête ouverte à
son premier foyer fait souvent reconnaître la présence de
conditions qui rendent son invasion moins étonnante, et
nous laissent l'espoir que, ces causes n'existant pas autour
de nous, nous pourrons le voir passer sans éclat sur nos
têtes ou du moins revêtir des formes moins dangereuses.

Car, si meurtrière qu'elle soit, une Epidémie peut passer
rapide comme l'éclair sur des lieux où elle ne trouve pas
d'éléments de séjour ; et nous pouvons le plus souvent en
diminuer les tristes ravages et surtout la longue durée en
détruisant, grâce aux soins de l'hygiène, les foyers d'encombrement et de malpropreté qui deviennent toujours et
partout des centres de contagion ; et ce bienfait que nous
obtiendrons, espérons-le, de l'avenir, sera en bonne partie,
l'œuvre du corps médical.

Enfin, l'invasion est accomplie, il n'a pas été possible de
barrer le passage à l'ennemi. Le médecin est à son poste, il
voit tout et pourvoit à tout ; au milieu des plus terribles
ravages il cherche toujours ce qui peut conjurer le mal, et,
ne perdant jamais tout espoir, il n'hésite pas à demander
aux affreux débris de la mort le secret de tant de victimes.
Cette recherche, la plus dangereuse et la plus importante
à la fois ne l'a jamais rebuté, et c'est à elle qu'on a dû une
notion plus complète du mal et le succès parfois de médications jusque-là ignorées. Mais aussi que de victimes d'un
pareil dévouement !...

Partout où sévit le fléau, dans la demeure confortable de l'aisance comme dans l'asile de l'indigence, dans nos hôpitaux comme dans les foyers les plus ardents de la contagion, apparaît le médecin épuisant les ressources de la science, sinon pour arracher à la mort toutes ses victimes, du moins pour rassurer et pour prévenir les ravages de la peur.

Je ne veux pas dérouler ici le Nécrologe des nôtres demeurés sur ces champs de batailles de nos dernières années ; mais je puis dire que tous sont tombés la face tournée vers l'ennemi, et qu'à l'appel de tous les noms on pourrait répondre comme autrefois au nom de La Tour d'Auvergne : *Mort au champ d'honneur.*

Je pourrais m'arrêter ici avec le témoignage intime d'avoir accompli la tâche que je m'étais imposée, en vous montrant dans toute notre carrière professionnelle, des actes continus de sacrifices à la société ; je veux cependant y ajouter encore.

Il arrive d'ordinaire, dans le monde, qu'après avoir parcouru les deux tiers de la vie, après un labeur qui a absorbé les plus belles années de son âge mûr et avant de toucher à celui de la décadence, l'homme se croit en droit d'aspirer au repos. Il est bien rare qu'une vie d'ordre et de travail ne laisse pas, même à l'artisan, une réserve suffisante pour abriter dans la retraite les courtes années d'une honorable vieillesse ; c'est alors aussi que nous voyons les hommes les plus favorisés par cette puissance aveugle , qu'on nomme la fortune, consacrer les années d'une indépendance noblement acquise à l'exercice de charges qui ne sont qu'un dévouement continu à la société.

Mais nous, Messieurs, quand nous reposerons-nous ? à quel point du cadran de la vie doit sonner l'heure de notre retraite ? Je pourrais répondre par un seul mot : Jamais ! j'aime mieux vous le démontrer.

Parmi nos confrères des grandes cités, il en est bon nombre pour lesquels le travail ardu, incessant, n'a jamais fait défaut ; et cependant, parvenus à l'âge que je posais tout à l'heure, il leur manque l'indispensable, ce que l'ouvrier même a pu acquérir, grâce aux faibles exigences pour lui de la vie sociale, il leur manque l'aisance ; et le rude labeur de l'autre âge devient forcément le lot de la vieillesse : ils tomberont, ceux-ci, en creusant le sillon.

Pour quelques-uns, les fatigues n'ont pas été moins grandes, et ils sont arrivés, je ne dirai pas à la richesse, mais à une belle position ; il leur serait donc possible de donner au repos les jours de la vieillesse. Mais combien en connaissez-vous qui aient agi de la sorte ? Je dis plus, combien en avez-vous connu qui aient vu commencer la vieillesse ? Dans le corps médical les vieillards sont de rares phénomènes, et ce ne sont pas les grandes cités qui les présentent. S'il vous fallait des noms propres, je rappellerais à vos récents souvenirs ceux qui, il y a peu de temps, étaient encore au milieu de nous ; Bailly, Murville, morts à peine sexagénaires ; et dans le cercle de notre enseignement, Lestiboudois et Fabre n'ayant pas encore atteint cet âge ; enfin, les deux derniers, les plus jeunes d'entre nous, frappés à l'improviste comme par la foudre. Mais les vieillards dans la retraite, je les cherche en vain.....

Et puis, quand même nous voudrions décidément goûter ce repos, je le déclare impossible au sein de la société où s'est usée notre carrière. La confiance qu'inspire le médecin progresse avec l'âge ; on attribue à l'expérience et à l'observation une habileté d'appréciation, une certitude de discernement que l'on refuse d'ordinaire à la jeunesse même la plus intelligente et la plus studieuse ; il arrive, dès lors, que c'est vers la fin de son âge mûr que le médecin est le plus recherché. Comment voulez-vous qu'il se repose ? lui qui compte dans tous ceux qui l'entourent autant de cœurs amis, pourrait-il jamais se séparer de ce qui lui est cher ?

Lui qui a goûté si longtemps le bonheur du dévouement, pourrait-il vivre privé de ce qui faisait la joie de son passé ?

Quant au médecin des campagnes, que puis-je dire que vous ne sachiez tous mieux que moi ?

Vous êtes pour la plupart destinés à accomplir votre mission au milieu de ces populations calmes et régulières, étrangères d'ordinaire aux soucis et à l'agitation des grandes villes ; votre vie s'écoulera plus douce, plus tranquille, à l'abri de cette Endémie qu'on nomme l'ambition, et de ce ver rongeur qu'on appelle l'envie, au milieu peut-être de vos concitoyens, vos protecteurs et vos amis. Vous aurez à subir plus de fatigues, pour recueillir moins de fruits ; mais vous aurez aussi moins de besoins ; la société vous impose peu d'exigences, et, avec des ressources restreintes, vous pouvez sans peine tenir le rang d'honneur qui vous appartient. Vous arriverez infailliblement, par l'ordre et le travail, à grouper pour l'avenir les ressources de l'aisance, à la condition toutefois que le goût du luxe des villes et de jouissances inconnues autour de vous ne viendra pas troubler votre repos et briser votre bonheur.

Mais parvenus à ce point, avant que les infirmités de la dernière étape ne vous l'imposent forcément, pourrez-vous vous décider à réclamer le bénéfice de la retraite ?

Dans cette existence régulière que je vous supposais tout à l'heure, vous arriverez sans doute, comme bon nombre des habitants de nos campagnes, à goûter les prérogatives d'une vigoureuse et tardive vieillesse ; vous voudrez, à leur exemple, continuer cette vie de travail à laquelle ils doivent leur bonheur. Comment d'ailleurs, praticien expérimenté, pourrez-vous jamais refuser le tribut de votre dévouement à tant de familles au sein desquelles vous ne comptez que des amis, et qui toutes vous doivent le salut d'une mère, la santé d'un père ou la conservation d'un enfant ?

Je vous le prédis donc, Messieurs, vous ne vous reposerez jamais....

Et maintenant que viennent de passer devant vous toutes les phases de la carrière médicale, vous pouvez apprécier la gravité de la charge qui va vous être imposée. Mesurez encore, si vous le jugez bon, ce que vos épaules peuvent soutenir; et si le fardeau vous paraît trop lourd, si la perspective d'une dignité éminente ne vous élève pas à la hauteur du sacrifice incessant que réclame de vous la société, retirez-vous plutôt; je ne connais rien de plus triste qu'un médecin sans cœur. J'ajoute même que vous seriez malheureux; car vous occuperiez, dans l'ordre social, une place qui ne vous appartient pas; et il vaudrait mieux pour tous, vous voir grossir encore le chiffre, trop lourd déjà, de ces êtres non classés qui fatiguent le monde de leur nullité et de leur ennui.

IV

Mon œuvre touche à sa fin, et il m'est permis de vous demander si l'homme qui remplit près de vous la mission dont je viens de retracer les traits, mérite bien l'honneur de vos respects; si la profession qui s'impose tant de sacrifices peut se croire revêtue de cette auréole de dignité qui appartient aux hommes vraiment utiles.

Nous voyons sans étonnement la société entourer de sa vénération ceux qui marquent leur passage par le dévouement à la science; car l'étude de la science est la plus belle prérogative de l'homme, elle le grandit à ses propres yeux et doit l'élever, par une connaissance plus profonde des choses de la création, à des notions plus belles et plus pures du Créateur.

Mais si tant de mérite revient au seul dévouement à la science, quelle sera la valeur de celui qui y ajoute le sacrifice de lui-même au bien-être et au salut de ses frères dans la famille humaine?

Laissez-moi vous citer, pour finir, quelques lignes en témoignage de la grandeur de ce double dévouement.

Les premières sont d'un homme qui a été toute sa vie un modèle de courage et d'érudition. Son existence tout entière doit être, pour les hommes qui cultivent le champ de la science, une grande mais triste leçon. Parvenu au déclin de la vie, aveugle, paralysé et pauvre, il épanchait dans ce passage bien connu les sentiments de son cœur :

« Si, comme je me plais à le croire, l'intérêt de la science
» est compté au nombre des grands intérêts nationaux, j'ai
» donné à mon pays tout ce que lui donne le soldat mutilé
» sur le champ de bataille. Quelle que soit la destinée de
» mes travaux, cet exemple, je l'espère, ne sera pas perdu.
» Je voudrais qu'il servît à combattre l'espèce d'affaisse-
» ment moral qui est la maladie de la génération nouvelle ;
» qu'il pût ramener, dans le droit chemin de la vie,
» quelqu'une de ces âmes énervées qui se plaignent de
» manquer de foi, qui ne savent où se prendre et vont
» cherchant partout sans le rencontrer jamais, un objet
» de culte et de dévouement.

» Pourquoi se dire avec tant d'amertume que, dans le
» monde constitué comme il l'est, il n'y a pas de l'air pour
» toutes les poitrines, pas d'emploi pour toutes les intelli-
» gences ? L'étude sérieuse et calme n'est-elle pas là ? et
» n'y a-t-il pas en elle un refuge, une espérance, une
» carrière à la portée de chacun de nous ? Avec elle, on
» traverse les mauvais jours sans en sentir le poids, on se
» fait à soi-même sa destinée, on use noblement sa vie.

» Voilà ce que j'ai fait et ce que je ferais encore ; si
» j'avais à recommencer ma route, je prendrais celle qui
» m'a conduit où je suis. Aveugle, et souffrant sans espoir
» et presque sans relâche, je puis rendre ce témoignage
» qui, de ma part, ne sera pas suspect : il y a au monde
» quelque chose qui vaut mieux que les jouissances maté-

» rielles, mieux que la fortune, mieux que la santé elle-
» même : c'est le dévouement à la science. »

Le dévouement à la science ! Cela est beau , cela est
grand, sans doute; mais je connais une beauté et une grandeur qui l'emportent encore : je ne me défends pas, je
l'avoue, d'un sentiment plus affectueux au souvenir d'un
homme dévoué aussi à la science de l'histoire et de la philosophie, et dont l'Espagne, il y a deux ans à peine, regret-
tait vivement la perte : « Peut-être, écrivait Donoso-Cortès,
» n'y a-t-il eu dans ma vie qu'un seul sentiment agréable
» à Dieu : jamais je n'ai regardé un pauvre sans penser
» que je voyais en lui un frère. »

Le dévouement à la science n'est pas demeuré toujours
d'ailleurs le dernier refuge et le dernier espoir d'Augustin
Thierry ; quelques années après avoir écrit les lignes que
je viens de retracer, lui aussi a porté au-delà de la science
les regards de son âme, et a cherché plus haut l'objet de
son culte et de ses affections.

Et nous, Messieurs, les fils de cette *Doctrine sociale,* dont
tout à l'heure, feignant d'ignorer sa présence, je saluais
l'avènement de mes plus chères sympathies, et qu'on pourrait nommer, sans crainte d'erreur, la *Doctrine du sacrifice ;* nous qui, grâces à elle, vivons au sein d'une société
dans laquelle l'esprit d'abnégation anime tout ce qui nous
entoure, nous ne prendrons pour mobile de nos actes ni
l'amour de la gloire, ni le désir des honneurs, ni les aspi-
rations à l'estime des hommes ; nous porterons plus haut
et plus loin nos espérances, et, recueillis dans le charme
de cette croyance que, dans le dernier des hommes nous
voyons un frère, nous dirons hardiment : Il y a au monde
quelque chose qui vaut mieux que le dévouement à la
science, c'est le sacrifice par amour de l'humanité.

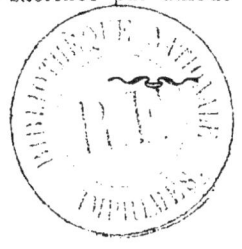

CONFÉRENCE D'OUVERTURE

DU COURS DE

THÉRAPEUTIQUE & MATIÈRE MÉDICALE

Le 10 Avril 1877

~~~~~

MESSIEURS,

La transformation de l'Ecole de Lille, son élévation dans la hiérarchie de l'enseignement imposent à chacun de ses professeurs de plus grands efforts pour porter les études à la hauteur qui lui convient.

Cette tâche nouvelle revient d'une manière plus spéciale à la partie des études qui va nous occuper. Vous voilà arrivés presque à la fin de vos années scolaires; vous avez acquis tout ce qui se prépare, tout ce qui prélude à la pratique d'une éminente et difficile profession, et ce qui vous reste à faire, ce que nous ferons, c'est un travail complémentaire, ce sera le couronnement de toutes vos études.

Je ne veux pas justifier certaines paroles entendues autour de moi : que l'érection de la Faculté de médecine à Lille ne fera rien changer au mode d'enseignement et au niveau de la science ; je veux me persuader qu'il n'en sera pas ainsi. Notre devoir hier, je le sais, était de faire de vous, non pas des savants, mais de bons et solides praticiens. Cependant la limite du temps qui nous était donné pour cela était fort restreinte, la mesure de la scolarité bien courte, pour remplir un cadre immense; ce que nous faisions avait pour borne le possible. Ce qu'on ajoute aujourd'hui, c'est cette grande puissance du temps que rien au monde ne peut remplacer quand il s'agit surtout du travail de l'homme. Avec cela, aidé du concours de vos bonnes volontés, nous ferons plus, nous ferons mieux que ce que nous avons fait jusqu'ici.

Il m'a semblé utile de consacrer cette première entrevue à une conférence que vous dira d'abord le but de notre enseignement, son importance, son impérieuse nécessité; et qui aura surtout pour objet l'examen approfondi d'une question sur laquelle repose comme sur leurs assises, non-seulement la Thérapeutique, mais la science médicale tout entière. Je veux considérer devant vous *les bases de la certitude médicale.*

CHAPITRE Ier.

IMPORTANCE ET NÉCESSITÉ DES ÉTUDES THÉRAPEUTIQUES.

I.

Les notions diverses dont l'ensemble constitue la science médicale, doivent être acquises successivement et d'après un ordre méthodique rigoureux. Il en est qui, dans cet ordre, doivent précéder toutes les autres; elles en constituent l'étude préliminaire obligée.

La médecine, synonime de l'art de guérir, *ars sanandi,* suppose la connaissance exacte du sujet sur lequel elle s'exerce: l'étude de l'homme, considéré dans l'état de santé et dans l'état de maladie, forme une première base nécessaire ; de là toute une série de notions préliminaires indispensables :

L'Anatomie qui étudie la structure normale de l'organisme; l'Anatomie pathologique qui en démontre les altérations; la Physiologie qui observe la vie normale; la Physiologie pathologique qui découvre et révèle les désordres de la machine humaine et, sous le nom de Pathologie générale, étudie les lois générales d'évolution et de formation des maladies, sous celui de Pathologie spéciale, indique les caractères propres à chaque maladie, ce qui l'individualise en la distinguant des autres.

Elle (la médecine) implique en outre la notion de tous les agents de la nature capables d'exercer sur l'organisme sain ou malade une modification quelconque ; d'où ressort une deuxième série de connaissances d'une importance égale à la première.

La Chimie, la Physique, l'Histoire naturelle (botanique et zoologie), la Pharmacologie et l'Hygiène.

La science qui met en œuvre ces agents et en fait l'application à la guérison des maladies, c'est la **thérapeutique** ; elle est la science médicale proprement dite, *ars sanandi.*

Elle intervient la dernière de toutes les notions à recueillir ; les autres étant ses tributaires, elle les suppose acquises ; elle est en un mot le couronnement et le but de la Médecine.

La Clinique ou l'étude médicale pratique serait sans valeur réelle, si elle était séparée de la Thérapeutique.

Loin de moi la pensée de vouloir jamais diminuer l'importance des études cliniques ; ce sont elles qui nous donnent la notion de la maladie, de ses formes si diverses, de ses phases multiples, de ses causes si nombreuses, si variées et souvent si insidieuses dans leur action. Mais ce ne serait là qu'un vain et aride travail, s'il n'avait d'autre fin que la notion même de ces modifications infinies de l'organisme et s'il ne devait nous conduire à combattre les troubles et les désordres qui s'y traduisent.

La Thérapeutique est donc une partie de la clinique ; je maintiens qu'elle en est la partie la plus importante, qu'elle doit en être le terme, la conclusion pratique. La clinique n'a de raison d'être que pour elle ; car il faut que cette vaste étude comprise sous la dénomination de clinique, nous conduise toujours à répondre, dans la mesure des ressources de la science, à cette question : une maladie étant donnée, découvrir le moyen de la guérir ou d'en atténuer la gravité : *ars sanandi.*

Que pourrait-on ajouter pour faire ressortir davantage la haute importance de la Thérapeutique ?

II.

Il serait difficile de justifier le délaissement dans lequel est tombée cette étude dans la période qui a précédé la nôtre. Le fait cependant est indéniable et il suffit pour le prouver de considérer, au début de sa carrière, l'embarras du jeune médecin à l'endroit de la Thérapeutique : on a conservé de l'enseignement clinique le souvenir de quelques remèdes couramment employés dans chacune des maladies les plus communes que la pratique fera rencontrer et on se croit ainsi pourvu de ressources fécondes. Mais que l'une de ces affections apparaisse sous des formes quelque peu insolites qui changent notablement les indications ; que la maladie présente dans sa marche une lenteur inaccoutumée ; que, par suite de conditions individuelles et parfois difficilement appréciables, elle résiste à la médication classique, on se trouve dérouté et à bout de moyens ; on surprend parfois alors sur les lèvres du praticien cette phrase désolante : Il n'y a plus rien à faire.

Il ne songe même pas à dissimuler son ignorance par une thérapeutique d'expectation qui sauve au moins l'honneur de la science et réserve à son profit les immenses ressources de la *nature médicatrice,* auxiliaire si puissant et si efficace de l'art médical.

On regrette de rencontrer chez un bon nombre de médecins déjà vieux une égale indigence de ressources thérapeutiques qui se traduit à la fois par l'emploi d'un formulaire excessivement restreint et par l'usage de prescriptions intempestives ou de doses de remèdes qui équivalent à la nullité. Il y a là évidemment ou ignorance ou absence de convictions médicales.

Cet abandon des études thérapeutiques pourrait s'expliquer, ce semble, par le courant des théories médicales prédominantes depuis 80 ans. A cette époque où toutes les tendances de la science se trouvaient dirigées vers les recherches nosologiques, et où l'objet de ces recherches était surtout le classement des maladies dans des cadres préalablement tracés, on n'avait en vue que la solution du problème suivant : *une maladie étant donnée, à quelle classe doit-elle être rattachée ?*

Pour atteindre ce but on négligeait toute autre étude, et la thérapeutique se trouvait dédaigneusement reléguée au dernier plan.

Quiconque voudrait en douter n'aurait qu'à parcourir certain traité philosophique de médecine, ouvrage jouissant alors d'une vogue considérable; il pourrait apprécier la part restreinte d'influence qui y est faite à la thérapeutique.

Depuis cette époque le problème en vogue a changé ; mais ce n'est pas encore la thérapeutique qui domine : *une maladie étant donnée, quelle est la lésion organique qui en a été le point de départ ou le résultat?*

Tel est le problème qui concentre tous les efforts.

Sans doute on ne peut nier que la solution de cette question ne soit d'une haute importance au point de vue médical pratique ; mais il faut considérer que la lésion n'est pas la maladie ou du moins n'est pas la maladie tout entière, qu'elle n'en est même souvent que la conséquence ; et cette recherche n'est vraiment utile que dans le cas où elle conduit à la découverte de moyens capables d'empêcher le développement de ces lésions ou d'en favoriser la résolution.

Tout le monde sait combien les doctrines de l'école dite Physiologique, qui a vu, à l'époque dont nous parlons, l'apogée de sa gloire, étaient pauvres et restreintes en indications thérapeutiques.

3

L'école qui se nomme aujourd'hui Anatomo-pathologique, héritière des idées du célèbre professeur du Val-de-Grâce, n'attribue pas à la thérapeutique une plus large place.

Je rappellerai à cet égard le langage que tenait dernièrement, à l'ouverture d'un cours de clinique, un éminent professeur de l'école de Paris.

« Il existe, disait-il, une école qui s'intitule école *anatomique* et *physiologique*, qui a compté et compte encore dans son sein des hommes d'un rare talent, d'une intelligence supérieure. Cette école n'a qu'un but : *l'étude du diagnostic et des lésions anatomiques.* Ceci, Messieurs, n'est point de l'exagération et maintenant encore vous aurez peut-être l'occasion de constater le fait par vous-mêmes : un malade entre à l'hôpital, on l'examine scrupuleusement, tous ses organes sont passés minutieusement en revue, les moindres symptômes sont analysés avec une sagacité qui fait notre admiration ; le diagnostic est complet, parfait, plus que parfait. Si le malade vient à succomber, l'autopsie est faite avec non moins de soins que le diagnostic ; et le maître, armé ou non du microscope, peut dire triomphalement à ses auditeurs : nous étions dans le vrai, vous avez sous les yeux le corps du délit ; voyez, Messieurs, et admirez.....

» Nous admirons, nous aussi, cette habileté incomparable à faire un diagnostic et à le vérifier ; seulement nous avouons que le médecin paraît avoir oublié cette chose essentiellement pratique, que la médecine est l'art de guérir : *ars medendi, ars sanandi*, et cette chose, vous le comprenez, a son importance. Faites donc votre diagnostic soigneusement, sérieusement ; mais n'oubliez pas que le diagnostic n'est que l'échelon qui doit vous conduire à la thérapeutique ; qu'il n'est pas le but, qu'il n'est que le moyen.

» Prenez donc à l'école anatomo-physiologique ce qu'elle a de bon ; laissez de côté ses exagérations. Prenez pour

règle qu'un médecin doit soigner ses malades, et ne vous
écartez jamais de cette ligne de conduite. Quelle que soit la
nature de la maladie, quelle que soit la gravité du diagnostic, ne désespérez jamais. Souvenez-vous que la science
et la nature ont à leur service des ressources immenses ; et
avant d'abandonner vos malades à eux-mêmes, méditez
cette parole de Récamier : *nos condamnés à mort courent les
rues.*

» Que de fois vous pourrez voir ces malheureux que vous
délaissez se confier, dans leur désespoir, à un empirique ou
à ces honnêtes personnages qui, leur faisant avaler globules
sur globules, soutiendront effrontément que leur traitement
a fait merveille ; quand la bonne *natura medicatrix* aura
fait tous les frais de la cure [1]. »

Il y a lieu de signaler encore une autre tendance de notre
temps, celle de vouloir soumettre au joug de l'expérimentation tous les faits pathologiques et thérapeutiques.

Sous prétexte de s'affranchir de l'empirisme, on délaisse
les études cliniques pour se concentrer tout entier dans celles
du laboratoire. Cette révolution se fait au nom de la médecine scientifique. On ne se contente plus des faits pathologiques tels que la nature les produit, on veut des faits
artificiels ; on crée les maladies dans le laboratoire et on
lutte contre elles avec la thérapeutique expérimentale.

M. Pidoux dans une étude qui a pour titre la médecine
expérimentale, et dont il n'a été publié jusqu'ici que des
fragments (Union médicale), s'est efforcé de réagir contre
les tendances scientifiques modernes qui aspirent à sacrifier
les fruits de l'observation pratique aux exigences presque
radicales de la méthode expérimentale.

Ce travail du savant collaborateur du traité de Thérapeutique mérite de notre part une sérieuse attention ; il sera lu
par tous avec le plus vif intérêt.

1 Extrait de l'*Union médicale*.

Quelle que soit donc l'importance qu'on attache, d'une part, aux sciences qui conduisent à la connaissance de l'homme ; de l'autre à celles qui doivent éclairer le médecin sur l'origine, les causes et les phénomènes des maladies ; il est une étude qui doit primer toutes les autres en importance et en être le couronnement, qui est le but vers lequel doit converger l'enseignement médical tout entier.

Ce n'est pas sans doute pour une simple satisfaction de l'esprit que le médecin s'engage dans les vastes recherches qui doivent le conduire à la connaissance de l'homme dans l'état de santé et dans l'état de maladie. Il ne fait pas ici de la science pour la science ; son but est plus élevé : de la connaissance de la maladie il veut arriver à la notion des moyens capables, soit de la guérir quand elle est établie, soit de la prévenir quand elle n'est qu'imminente, et tel est l'objet de notre enseignement.

III.

Aujourd'hui la Thérapeutique paraît reprendre dans le cadre des études médicales la place éminente qui lui revient. On se pénètre davantage de son importance, et il semble qu'on veuille réparer à son égard l'espèce d'oubli dans lequel on l'a trop longtemps laissée.

Des travaux nombreux et de valeur ont été publiés depuis quelques années ; les découvertes récentes de la chimie ont introduit dans la thérapeutique des agents nouveaux séparés des principes inertes qui leur étaient associés, et des combinaisons jusque-là inconnues de substances d'une haute importance ; agents et combinaisons qui, soumis au contrôle de l'observation chez l'homme et au creuset de l'expérience sur les animaux, constituent pour l'art médical des ressources nouvelles. Puis, à côté de ces produits issus de la science, il faut signaler une immense quantité de remèdes nouveaux ou renouvelés des anciens qui, comme une avalanche, viennent, par toutes les voies de la publicité, tomber sous les regards du consommateur et du médecin.

Au milieu de cette exhubérance de ressources, grand est l'embarras du praticien qui a mission d'apprécier la valeur de celles-ci et de discerner les agents d'une thérapeutique vraie et sérieuse d'avec ceux qui n'en revêtent que le masque, comme on distingue la fausse monnaie pour la rejeter de la monnaie de bon aloi.

De puissants motifs imposent une étude profonde et attentive de ces agents si multipliés de la Thérapeutique.

C'est d'abord l'exigence impérieuse du malade qui réclame du médecin les moyens de güérison ou du moins d'apaisement du mal qui le tourmente. Cette aspiration, reconnaissons-le, est bien naturelle ; le malade, dans ses souffrances, s'adresse à l'homme qu'il sait avoir consacré une longue carrière à l'étude des maladies, de leurs phénemènes pour les discerner entre elles, de leurs causes pour s'y soustraire et conjurer leur invasion, des moyens capables de les guérir ou de les soulager.

Il veut à tout prix des remèdes, et si la science ne lui en fournit pas ou semble se déclarer impuissante, il s'adresse à la pseudo-science ou même à l'ignorance qui se pare des apparences de la première, et qui trop souvent aux regards du vulgaire, inepte et crédule à cet endroit, en impose par l'audace et exploite la bonne foi.

De là naissent deux sortes d'industrie qui font trafic de cette situation et vivent aux dépens du malade de toutes les classes : le Charlatanisme médical et le Charlatanisme pharmaceutique.

Le premier plein d'habileté et de faconde, sans nul souci de la science vraie, connaît la crédule faiblesse du malade et y trouve une mine féconde à exploiter. Sous le manteau du savoir il cache souvent la plus profonde ineptie; il prendra pour enseigne un nom qui semble révéler une certaine doctrine et pratiquera indifféremment, puisqu'il est sans foi comme sans principes, soit l'homœopathie, soit le camphre, l'électricité ou l'hydrothérapie, etc., etc., et fera passer toutes les maladies et tous les malades sous le même niveau et par les mêmes formules. Quelques hasards heureux advenus dans les hauts lieux lui donnent un instant la vogue et parfois la fortune.

Que ne puis-je dissimuler le triste aveu que le charlatanisme médical se révèle quelquefois ailleurs que dans l'ignorance et l'illégalité !...

Le deuxième, le Charlatanisme pharmaceutique, pour répondre à ce besoin du bon vulgaire, a inventé le *remède secret*.

Le mystère qui entoure celui-ci est un appât tentateur pour le malade. Ces remèdes, pour la plupart, s'adressent aux affections chroniques, circonstance éminemment favorable, je ne dis pas au succès, mais à l'écoulement; celles-ci en effet ont tenté déjà l'emploi de plusieurs médications qui parfois ont soulagé pour un temps, mais n'ont pas guéri. Après l'épreuve des moyens avoués, on tente avec bonheur celles des remèdes secrets; on en prolonge l'usage au grand profit de l'inventeur, on les varie à l'infini; car le mystère qui les entoure permet toujours de lire sur l'enseigne de chacun d'eux l'espérance de la guérison.

Chose triste à dire, ces industriels de bas étage trouvent, à prix d'or, des plumes d'apparence sérieuses pour vanter et écouler leurs produits.

Sans doute parmi ces mille remèdes plus ou moins secrets dont les annonces, largement rémunérées, sont la ressource de la plupart des journaux, il en est quelques-uns qui méritent des égards et peuvent être utilisés par la thérapeutique honnête; les éloges dont ils sont l'objet, sont réellement mérités et leur vogue sera peut-être durable. Mais à côté de ceux-ci, combien d'autres dont l'efficacité est fort douteuse et qui ne sont pour les pharmacies équivoques que de belles enseignes? Cependant comme les premiers, ils sont également préconisés dans nos feuilles médicales par des articles signés de noms sérieux qu'on voudrait ne voir jamais abaissés à un tel niveau.

Que dirai-je enfin de ces médecins doués d'intelligence et de talent qui se font à la fois inventeurs, promoteurs et vendeurs de ces remèdes soit secrets, soit présentés sous des formes nouvelles ; remèdes dont on vante les propriétés comme supérieures à celles de tous les autres analogues qu'ils sont destinés à remplacer avec des avantages jusque-là inconnus.

Ces hommes qui cumulent trois choses : médecine, pharmacie et.... industrialisme, qui font des livres, créent des journaux, collaborent aux grandes revues pour annoncer et vanter leurs remèdes, leurs seuls remèdes, ceux qui portent leurs noms, laissent dans l'esprit du médecin sérieux une impression pénible ; et si quelquefois on lit leurs travaux avec intérêt, on ne peut se défendre de voir dans cette dépense de talent qu'un mercantilisme dissimulé.

Je ne veux pas omettre de remarquer que la Pharmacie honnête ne voit qu'avec un profond regret cet envahissement exagéré du remède secret dans l'officine. Cette situation paralyse en quelque sorte le rôle de pharmacien qui ne trouve presque plus rien à préparer par lui-même ; qui, malgré tous ses soins à recueillir et à conserver les remèdes de bonne qualité et d'une efficacité reconnue par l'expérience, les voit délaissés pour des médicaments préparés on ne sait comment, d'une action souvent fort douteuse, vendus sans nulle garantie qu'une annonce brillante, souvent trompeuse et toujours mise en suspicion par l'exagération même de ses promesses.

Le pharmacien, instruit et préoccupé de sa dignité, gémit d'un pareil état de choses ; il voit son rôle en quelque sorte supprimé, et se trouvera réduit, pour peu que cela dure, à n'être plus qu'un simple débitant de boîtes, de paquets, de bouteilles étiquetés, numérotés et classés dans leurs casiers.

Dans cette condition, la pharmacie n'existera plus ; et ces dépôts de paquets et de fioles pourront être tout aussi bien tenus par l'épicier, le confiseur ou le parfumeur du coin de rue.

Voilà où conduit inévitablement le mercantilisme et le charlatanisme de la pharmacie.

Le médecin honorable et soucieux de son art, ne peut rester étranger à la connaissance de ces remèdes plus ou moins secrets. Comme c'est à son adresse que sont publiées les savantes réclames de nos journaux, il a à s'enquérir de ce que valent ces remèdes. Il doit en appeler à sa propre expérience et à celle de praticiens honnêtes ; il ne doit avoir que dédain et mépris pour *ces observations souvent mensongères* qui annoncent les effets merveilleux de ces agents et se défier surtout des vanteries de leurs auteurs.

Toutes les fois qu'il s'agit de formules qui remplacent des produits pharmaceutiques d'une efficacité éprouvée, il doit conserver à ceux-ci sa préférence, dès lors qu'il peut à tout instant contrôler leur bonne qualité.

La vogue que donne la presse à la plupart de ces remèdes secrets leur fait attribuer par le vulgaire une valeur exagérée ; le médecin, souvent consulté sur ce point, doit se trouver en mesure de formuler une opinion, de faire connaître l'importance de chacun d'eux et la confiance qu'ils méritent.

On sait très bien que de cette masse énorme de remèdes inventés chaque jour et préconisés par des annonces sous toutes les formes, la plupart n'auront que la vogue d'un jour et tomberont le lendemain, avec tant d'autres qui les ont précédés, dans un oubli parfaitement mérité. Mais on doit croire aussi que quelques-uns auront un autre sort, et qu'après avoir subi avec succès l'épreuve sérieuse d'un emploi méthodique et rationnel, ils seront reconnus dignes d'être conservés dans l'arsenal thérapeutique.

C'est ce discernement qui doit être fait avec une complète indépendance et sans idées préconçues dans notre enseignement.

Si, comme on l'a dit avec raison, les agents thérapeutiques constituent les armes du médecin et peuvent être assimilés aux armes du soldat; si le médecin, ignorant en matière médicale, peut être comparé au soldat sans armes devant l'ennemi; si la multiplicité des ressources thérapeutiques ressemble aux mille moyens mis en jeu par l'homme de guerre, soit pour la défense, soit pour l'attaque ; il faut que l'un comme l'autre, le soldat et le médecin, soit sûr de ses armes, qu'il ne les accepte qu'après l'épreuve et qu'il n'ait pas à craindre de les voir rater dans le danger. L'habileté consiste à n'en négliger aucune et à savoir discerner toutes les circonstances de leur application.

CHAPITRE II.

CONSIDÉRATIONS SUR LES BASES DE LA CERTITUDE DE LA
MÉDECINE ET DE LA THÉRAPEUTIQUE.

Une question dont l'examen semble s'imposer à l'abord
de notre enseignement est celle de la confiance en la médecine et du degré de certitude de la thérapeutique.

Il peut sembler étrange qu'une pareille investigation soit
ici nécessaire; qu'un de vos maîtres, après 40 années
de pratique médicale, ait le devoir de faire devant vous une
sorte d'examen de conscience et d'exhiber les titres, sinon
d'existence, du moins de certitude de la science à laquelle
il a consacré la part la plus large èt la plus belle de sa vie;
que vous, qui avez embrassé depuis quatre ans une carrière
estimée entre toutes la plus honorable et la plus digne,
ayez besoin d'être rassurés pour l'avenir et prémunis contre
les déceptions, les défaillances et les misères morales dont
vos regards seront bientôt inévitablement frappés.

C'est que, à l'époque où nous vivons, on a vu toutes les
croyances même les plus profondément empreintes dans
l'esprit des peuples, les plus essentielles à la conservation
des sociétés, ébranlées et mises en doute; il n'est pas étonnant que celles à l'endroit de la médecine aient subi le
même sort.

Dans les siècles qui ont précédé le nôtre, on voyait partout les représentants les plus élevés de la profession médicale tenir en haute estime, en grande vénération la vieille
foi populaire et manifester ostensiblement leurs convictions
à ce sujet. On ne voyait pas encore la philosophie contem-
poraine attaquer avec passion les croyances communes et
s'efforcer d'en inspirer au peuple le mépris et la haine.

La science médicale, tenue en honneur par ceux-là même
qui en faisaient profession, était respectée de tous et en-
tourée d'égards.

Mais plus tard quand on a rencontré, chez bon nombre des nôtres, scepticisme philosophique, incroyance pour tout ce qui demeure en dehors de l'investigation des sens, rejet de toute sanction transcendante des lois morales, alors le niveau de la dignité médicale s'est abaissé ; la foi en notre parole, la confiance en notre savoir, la croyance en nos doctrines s'en sont allé tout à la fois ; et on est passé bientôt du doute à l'indifférence, de l'irrévérence au mépris. De là tous les sarcasmes, les moqueries et plaisanteries indécentes dont nous fûmes l'objet au dernier siècle. Nous ne pouvons dire que ces abaissements et ces humiliations ne furent pas mérités.

Cependant la médecine est demeurée encore dans l'esprit des peuples un objet de respect ; elle conserve là une bonne partie de son prestige et il serait permis peut-être d'y voir, au milieu du naufrage de toutes les croyances, un témoignage de certitude.

Bien plus, nous voyons souvent cette foi dans notre art passer de la science vraie à la science fausse, au charlatanisme, et parfois le scepticisme scientifique lui-même aller sans pudeur aux croyances les plus ridicules et les plus ineptes.

Ce fait ressortira de l'examen que nous voulons faire d'abord des croyances médicales dans les diverses catégories sociales.

Dans les classes populaires, je veux dire dans la partie la plus nombreuse de la population, ces croyances sont vives et profondes ; l'influence du médecin est considérable, ses recommandations sont suivies avec exactitude, ses conseils religieusement écoutés, un certain prestige est attaché à toutes ses paroles. Cette disposition se rencontre aussi bien dans le peuple des campagnes que dans celui des villes. C'est là que le charlatanisme, sous toutes les formes, recueille sa plus riche moisson et fait le plus de dupes.

Dans les classes moyennes, tout aussi ignorantes à l'endroit de la médecine, les mêmes croyances subsistent ; mais ce n'est plus cette foi aveugle jusqu'à l'absurde qui admet, sans examen, tout ce qui se débite sur les tréteaux des foires ; elle a la prétention d'être un peu raisonnée : on croira au témoignage du médecin instruit et éclairé, on sera moins facile pour la faconde vulgaire du charlatan qui sait se parer, cela n'est que trop commun, de quelques lambeaux scientifiques habilement étalés.

Dans les classes sociales élevées et instruites, la foi médicale diminue ; elle n'est plus le partage du plus grand nombre.

Ici apparaissent les premières nuances du scepticisme raisonné ; on a goûté les plaisanteries et les sarcasmes dont la médecine a été l'objet au siècle dernier ; on s'est imbu de ces idées et c'est souvent la seule base de l'incroyance. Mais un moment arrive où la souffrance et la maladie contraignent à songer sérieusement à l'intervention médicale, et il est rare alors que le scepticisme se soutienne.

On voit ces facétieux détracteurs de l'art, à l'approche des plus légères atteintes, faire appel à notre science, soit pour eux-mêmes, soit pour ceux qui leur sont chers, et ne pas même se contenter d'un seul conseil.

Après ceux de la science vraie et honorable, on invoque en cachette les secours de ces mille moyens annoncés avec éclat à la quatrième page des journaux ou aux vitrages des pharmacies.

Là aussi il y a pâture pour le charlatanisme effronté, et la prétendue médecine globulaire y compte une fructueuse clientèle. Tout cela n'empêche pas, l'inconséquence est chose si commune, d'aller le soir au théâtre applaudir aux traits sarcastiques lancés par notre grand comique contre les médecins. Qui ne sait d'ailleurs que Molière, malgré ses attaques à notre endroit, ne se faisait faute dans le besoin d'en appeler aux ressources de l'art ? Il est vrai qu'à sa mort..... mais silence devant la mort.....

Dans les classes aisées, je fais une catégorie hors ligne de ceux qui ont acquis l'instruction la plus élevée ; j'y range tous ceux qui se sont livrés à l'étude des sciences naturelles et notamment le pharmacien et le médecin.

Ici se rencontre en général ou une foi entière à la science, ou un scepticisme raisonné le plus souvent incomplet, mais parfois absolu.

Plaçons tout d'abord, dans une condition exceptionnelle, le botaniste et le pharmacien.

Leur croyance dans l'efficacité des remèdes est très grande et, dans le monde, on ne s'en étonne pas, l'intérêt professionnel est en jeu. Mais cette foi, remarquons-le, est loin d'être aveugle et irrationnelle. Le pharmacien étudie la nature et la composition des remèdes, en opère la préparation pour l'application thérapeutique ; il s'enquiert en outre de leurs usages et de leur action dans les maladies ; il n'est pas rare de rencontrer chez lui des connaissances thérapeutiques aussi étendues et aussi précises que chez bon nombre de médecins.

Mais le pharmacien instruit sait très bien faire la part de l'exagération dans l'efficacité variable des remèdes vantés ; il reconnaît qu'à côté de ceux sur la vertu desquels il y a accord à peu près unanime, il en est un très grand nombre qui n'ont eu qu'une vogue éphémère due à des succès apparents ; ces substances tombées dans un juste et naturel oubli, il ne les en retirera pas.

Le scepticisme thérapeutique se rencontre-t-il dans le corps médical ? Y a-t-il des médecins qui n'ont pas foi à l'action des médicaments ?

Déclarons tout d'abord que le scepticisme absolu ne se comprendrait pas chez le médecin. Le praticien qui ne croirait pas à l'efficacité des remèdes qu'il prescrit, ne serait pas seulement un mauvais médecin, il serait un fourbe et un misérable charlatan.

Cela se voit-il quelquefois ? Je ne veux pas le penser.

Cependant la manière d'agir de quelques-uns autorise à
admettre que leurs croyances à l'endroit de la thérapeutique sont bien légères, pour ne pas dire nulles.

Leur indifférence dans le choix des moyens, leur facilité
à accepter toute idée, à suivre tout conseil, d'où qu'il
vienne, sans discernement comme sans motif, ne peuvent
témoigner que l'une de ces deux choses, et peut-être les
deux à la fois : scepticisme, ignorance.

Comment en sont-ils venus là ?

De jeunes praticiens, au début de leur carrière, s'exa-
gèrent de bonne foi l'efficacité des agents thérapeutiques
et se figurent qu'il n'existe pas de maladies absolument
incurables ; mais leurs premiers essais, tentés avec trop
peu de discernement et suivis d'insuccès, amènent le dé-
couragement ; ils arrivent bientôt à mettre en doute l'utilité
de l'intervention médicale et finissent par se résigner à une
expectation sceptique.

Les dénouements heureux sont attribués au cours fatal
de la maladie. A leurs yeux, le remède n'est rien ; la thérapeutique est indifférente et tout succès apparent n'est dû
qu'à l'action spontanée de l'organisme qui guérit seul les
maladies quand les causes qui les produisent ont épuisé
leur délétère influence.

Ajoutons cependant que le scepticisme thérapeutique
n'est pas toujours poussé à cette limite.

Je connais bon nombre de médecins qui admettent l'efficacité d'un petit groupe d'agents dont l'évidence ne peut
être mise en doute ; cinq ou six médicaments au plus com-
posent leur formulaire, ils ne connaissent plus rien au-delà.

Ce serait déjà beaucoup sans doute d'arriver à une connaissance approfondie des ressources que présentent ces
cinq ou six substances, et de les appliquer toujours avec
un discernement parfaitement éclairé ; on arrive ainsi, je le
reconnais, à une pratique réellement utile et efficace. Mais
il faut dire que c'est le plus souvent la routine et la paresse
qui conduisent à de pareilles restrictions.

Refuser de s'enquérir des découvertes nouvelles, de contrôler les résultats annoncés des produits nouveaux introduits dans la thérapeutique, c'est demeurer dans un arriéré profondément regrettable, c'est nier le progrès de l'art, et se priver des ressources réelles que la science apporte tous les jours à la thérapeutique.

« Il est digne de remarque que ce sont les hommes qui connaissent le moins les médicaments et la manière d'en tirer parti qui y ont le moins de confiance. Que de fois n'a-t-on pas vu des médecins habiles trouver des ressources là où d'autres n'en voyaient aucunes; employer des agents dont souvent on s'était déjà servi avant eux; mais les rendre plus efficaces par la manière nouvelle de les appliquer, tantôt en élevant brusquement la dose, tantôt changeant complétement leurs formes, en trouvant même de nouveaux au besoin, et arrivant ainsi par des coups d'une hardiesse éclairée à des résultats refusés à des hommes mal prévenus, plus timides et moins adroits. » (Dorvault, p. 71).

« Le scepticisme radical, dit Fonssagrives, mène droit à l'expectation : non pas à cette expectation hippocratique qui ménage heureusement les prérogatives de la nature et celles de l'art, et par laquelle le médecin, interprète intelligent de la nature, *interpres et minister naturæ medicus,* observe ses opérations, étudie ses tendances, sort de son inaction quand elles sont accusées, soutient celles qui sont favorables, réprime celles qui sont nuisibles ; mais à cette expectation paresseuse et inintelligente qui sent son impuissance sans vouloir en sortir et aboutit à une sorte de fatalisme thérapeutique. »

Tel est, Messieurs, le bilan des croyances médicales autour de nous. En face d'un pareil désarroi, vous jugerez comme moi qu'il n'est pas inutile de reviser ici et de discuter les motifs sur lesquels s'appuie l'opinion qui dénie à la Thérapeutique ses bases de certitude.

Ce sujet a été traité, je le sais, à d'autres époques avec une élévation de vues et de talent qui permettent de considérer la cause comme suffisamment entendue ; je n'ai d'autre dessein que d'exposer devant vous le résumé des travaux les plus importants publiés sur cette question.

I.

Il importe d'abord de bien fixer la limite des ressources médicales dans les maladies.

Les préjugés qui règnent dans le monde attribuent à la médecine une étendue de pouvoir que la raison ne justifie pas. On se figure volontiers que la médecine a des remèdes pour tous les maux, des calmants pour toutes les douleurs ; et quand elle n'a pas pu répondre à cette merveilleuse réputation qu'on lui fait, on a interprété son impuissance comme un témoignage de l'incertitude de l'art.

On doit cependant bien comprendre que les affections déterminées par des désordres graves de l'organisme ne peuvent être modifiées par des remèdes ; que les organes essentiels à la vie, quand ils sont devenus inaptes à leurs fonctions, ne peuvent être réparés par des agents thérapeutiques ; que le poumon, par exemple, détruit par de vastes excavations caverneuses et devenu imperméable à l'air, ne peut être remplacé dans ses fonctions par un autre organe supplémentaire.

Un membre frappé de gangrène, séparé par l'amputation, ne compromet pas l'existence ; mais le tissu pulmonaire en partie désorganisé et inaccessible à l'air, le cœur troublé dans ses fonctions par une lésion de ses orifices ou l'altération de sa texture, le cerveau dissocié dans son tissu, comprimé par une hémorrhagie ou par une cause mécanique, ne peuvent plus entretenir la vie ; quel agent thérapeutique, quelle ressource médicale seraient capables de prévenir la mort ?

Il ne faut donc pas se faire illusion, l'art médical a ses limites et personne ne s'étonne qu'il ne puisse parvenir à refaire un tissu détruit, ni à reproduire après l'amputation un membre frappé de gangrène, non plus qu'à conjurer la mort dans tous les cas.

II.

On conteste l'importance et la valeur des bases sur lesquelles reposent nos croyances par rapport à la thérapeutique; on fait ressortir la facilité avec laquelle ont été acceptés par les anciens les résultats observés à la suite de l'emploi de certains agents, résultats que l'usage subséquent n'a pas toujours confirmé ; et on suppose que des opinions théoriques, des conceptions *a priori*, l'enthousiasme et parfois l'intérêt aidant, ont fait attribuer aux remèdes une réputation et une vogue imméritées.

Nous aurions donc à considérer ici les bases sur lesquelles repose la confiance thérapeutique.

Or ces bases quelles sont-elles?

Je n'en veux admettre que deux qui ne donneront, j'en suis sûr, nulle matière à dissidences : l'observation et l'expérimentation.

Je veux tout de suite éliminer de la thérapeutique cette foule d'agents légués par les anciens, qui, jusqu'à ces dernières années, sont demeurés dans l'arsenal médical, étayés de l'autorité des noms les plus vénérables, parfois appuyés de légendes curieuses et bizarres qui en rattachent l'origine à l'instinct animal.

Ne gardons de ces choses qu'un souvenir qui témoigne de la simple et facile crédulité de nos pères à ce sujet.

Nous tiendrons même langage à propos de ces remèdes auxquels furent attribuées certaines vertus basées sur le rapport des conditions apparentes des plantes avec les maladies.

4

Si parmi ces divers agents quelques-uns sont demeurés dans la thérapeutique, c'est que l'analyse chimique a fait découvrir en eux des produits efficaces dans les maladies auxquelles ils étaient appliqués et que l'expérience a confirmé l'utilité de nos applications.

Ces remèdes, d'ailleurs, légués par l'antiquité, ont été soumis de nos jours au contrôle de l'analyse et de l'expérimentation.

Si c'est le hasard qui a fait découvrir à l'origine leurs propriétés; si l'observation tout empirique a fait admettre d'abord leur efficacité, la science moderne n'a pas voulu s'en tenir là; la révélation d'un fait thérapeutique est devenue le point de départ de recherches qui ont apporté sur l'action des remèdes de remarquables éclaircissements.

L'empirisme traitait le goître et la scrofule par l'usage des éponges brûlées; il traitait le rachitisme et la diathèse strumeuse par l'huile de foie de morue; la science en découvrant l'iode dans le premier de ces agents et l'iodure de potassium dans le deuxième, nous a donné la raison de leur influence.

L'empirisme ou l'observation si vous voulez, avait montré l'efficacité de certaines eaux minérales dans bon nombre d'affections rebelles jusque-là à d'autres moyens thérapeutiques; et la chimie nous révèle dans ces eaux la présence de sels arsénicaux, de sels alcalins et autres qui rendent raison de leurs propriétés.

On avait déjà reconnu en Europe l'efficacité de l'arsenic dans les fièvres intermittentes, quand on apprit que le même agent était usité en Chine et dans l'Inde de temps immémorial contre les mêmes maladies.

C'est aussi au hasard que doit être attribuée l'utilité constatée des eaux minérales sulfureuses: des animaux atteints d'affections dartreuses et conduits d'instinct à boire de ces eaux et à s'y baigner, ayant été par elles rapidement guéris.

Ne soyons donc pas trop dédaigneux à l'endroit de l'empirisme; ou plutôt tenons compte de la double acception de ce terme. Délaissons l'empirisme aveugle qui repousse toute interprétation nouvelle des faits et prétend demeurer dans une servile et routinière imitation; mais conservons cet empirisme éclairé qui veut de l'observation d'un fait s'élever à la notion rationnelle qu'il comporte.

Bien souvent nous nous efforçons ainsi d'arriver à la connaissance du mode d'action du médicament et cet effort est louable.

Si nous pouvons quelquefois parvenir à ce but, il faut dire que, dans bien des cas, nos tentatives demeurent infructueuses.

Nous ne devons pas néanmoins rejeter le remède éprouvé, mais faire profit des bienfaits qu'il nous procure. Cesse-t-on l'emploi de la quinine parce que nous ne pouvons pas nous rendre compte du mécanisme de son action? Y a-t-il une théorie satisfaisante pour expliquer l'effet des mercuriaux contre la syphilis? Cependant nous ne cessons pas de combattre par le sulfate de quinine les fièvres intermittentes et de lutter contre la vérole avec les mercuriaux.

L'expérimentation, considérée comme base de nos croyances thérapeutiques, ne peut non plus être dédaignée.

L'expérimentation dans son acception étymologique (experiri, essayer) veut dire essai ; épreuve de laboratoire pour connaître les propriétés d'un médicament ; épreuve de clinique pour en faire l'application à telle ou telle maladie.

On a voulu, je ne sais pourquoi, établir, entre l'observation et l'expérience, cette distinction que la première est rencontrée et la deuxième cherchée ou provoquée artificiellement; et Zimmermann a dit que l'observateur écoute la nature, tandis que l'expérimentateur l'interroge. Mais cette distinction nous paraît peu importante ; nous considérons et apprécions de la même manière les faits tels qu'ils se présentent spontanément à nos regards, et ceux que nous préparons par des conditions préalables du sujet et de l'agent éprouvé ; l'observation attentive, l'appréciation raisonnée du résultat nous conduisent de la même manière au but vers lequel tendent nos efforts ; l'une des voies, quoiqu'on en dise, n'est pas supérieure à l'autre.

Je n'ai voulu m'attacher ici qu'aux bases générales de l'expérimentation et affirmer la réalité de ses résultats ; mais cette épreuve comporte pour être efficace des conditions importantes qui sont loin d'être toujours remplies et sur lesquelles nous aurons l'occasion de nous expliquer ailleurs.

III.

La variété infinie des maladies et des complications qu'elles présentent, variété dépendante de causes nombreuses, soit individuelles, soit générales, est produite comme objection sérieuse contre la certitude de la science. Quel moyen, dit-on, de discerner au milieu d'une si grande diversité de causes, ce qui dépend de chacune d'elles dans le développement des maladies et comment fixer les bases d'une thérapeutique rationnelle qui réponde à des indications si multipliées ?

Il y a là, en effet, pour le médecin une source de sérieuses difficultés, mais qui ne sont pas toutes insurmontables.

L'étude des maladies et des modifications qu'elles subissent sous l'influence de toutes les causes qui nous entourent a été l'objet des recherches de tous les temps depuis l'origine de l'art ; et il faut bien admettre que cette étude n'est pas demeurée complétement stérile.

La base de nos connaissances à cet égard est donc encore l'observation.

Les maladies se révèlent par des phénomènes qui peuvent être très variés, mais se répètent avec une assez constante uniformité dans des conditions identiques. Les modifications qu'elles présentent se rattachent à des causes dont on peut, le plus souvent, saisir le rapport.

Il y a sans doute de grandes difficultés à discerner les causes des maladies et de leurs phénomènes. Il en est un bon nombre dont l'investigation la plus attentive ne peut arriver à découvrir l'influence ; mais il en est d'autres aussi moins rebelles à nos recherches, et c'est de celles-ci que l'observateur doit s'appliquer à saisir l'action.

Cette étude est sans contredit l'une des plus importantes pour le thérapeutiste.

Les maladies dépendent souvent de causes primordiales difficiles à constater ; mais quand leur reproduction a lieu d'une manière constante dans des conditions analogues, celles-ci échappent difficilement à l'observateur attentif.

Il est possible dès lors, en s'étayant de cette connaissance des causes, d'y soustraire l'organisme et de prévenir les conséquences fâcheuses qu'elles peuvent entraîner; de même que cette notion peut conduire à l'indication de ressources capables d'en paralyser l'action.

A côté de la thérapeutique curative, il est juste et rationnel d'accorder une place éminente à la thérapeutique préventive et le détail serait bien long s'il fallait énumérer tous les services qu'elle a rendus, notamment dans les maladies Endémiques et Epidémiques.

On voit donc que de ce côté la science médicale peut revendiquer aussi une influence sérieuse que l'ignorance tenterait vainement de lui dénier.

IV.

Les difficultés de l'art médical, grandes déjà pour la connaissance des maladies, ne sont pas moindres quand il s'agit d'apprécier les effets réels des médicaments.

Quand une modification favorable dans le cours d'une

maladie a eu lieu à la suite de l'emploi d'un remède, on est porté en général à la lui attribuer comme à sa cause, et on applique au fait la formule banale ancienne : *Post hoc ergo propter hoc.*

On conçoit combien doit être fréquente l'application erronée de ce vieil adage, quand on songe qu'à côté d'un fait où cette appréciation de cause à effet paraît exacte, on en trouve une foule immense d'autres qui, sous des conditions en apparence identiques, fournissent des résultats différents sinon opposés.

Tant de causes d'ailleurs dépendantes, soit des conditions mêmes de l'agent thérapeutique, soit de celles de la maladie ou du malade peuvent intervenir pour modifier ces résultats, qu'il n'y a pas lieu de s'étonner de la défiance que l'on rencontre en général à cet égard.

Ces difficultés toutefois, que je me garde bien de dissimuler, n'impliquent pas la nullité de l'art ; et les objections ici émanent bien souvent de l'ignorance soit des médecins, soit des gens du monde qui prétendent juger les faits à la mesure de leur savoir et de leur expérience.

De nos jours plus que jamais, la science a dirigé de ce côté ses investigations les plus attentives et les plus sérieuses. Pour connaître les effets physiologiques des médicaments, elle a recours : 1º à l'expérimentation sur les animaux ; 2º à l'observation chez l'homme.

1º Le premier de ces moyens donne lieu bien souvent à des appréciations inexactes. Ces expériences laissent beaucoup à désirer quand elles portent sur des animaux inférieurs choisis uniquement à cause des grandes facilités qu'ils présentent aux épreuves expérimentales, mais dont les conditions fonctionnelles diffèrent notablement de celles des animaux élevés et surtout de l'homme.

On s'étonne de la confiance de certains expérimentateurs qui se contentent de résultats constatés dans ces conditions pour préconiser tout de suite l'efficacité d'un remède dans ses applications à l'homme. Il y a là, avouons-le, matière à de fréquentes illusions, et les déceptions, dont nous sommes témoins tous les jours, seraient bien de nature à ébranler la confiance dans l'action thérapeutique.

Donnons aux faits la valeur qu'ils méritent, mais n'allons pas au-delà. Nous ne pouvons pas croire que des agents, qui ont tel ou tel résultat dans leur emploi sur les animaux à sang froid (Batraciens, etc.), auront des effets identiques sur l'homme.

Ces premiers résultats ne doivent pas être complètement dédaignés ; ils ont leur valeur comme jalons, et quand ils sont corroborés par l'épreuve sur des animaux plus élevés dans l'échelle organique, ils acquièrent une importance qu'il n'est pas possible de méconnaître.

Il reste alors à faire la part, pour l'homme, des conditions spéciales qu'il présente par suite du développement hors ligne du système nerveux général et de ses fonctions, ainsi que des facultés intellectuelles.

Il y a aujourd'hui bien peu d'agents thérapeutiques qui n'aient été l'objet d'expérimentations sur les animaux. Je ne parle pas seulement des remèdes récemment introduits dans la médecine, mais aussi des moyens connus et appliqués depuis longtemps, qui ont été, comme les premiers, l'objet d'investigations expérimentales nouvelles.

2° Mais la vraie base de confiance à cet égard c'est l'observation chez l'homme.

Ici, avouons-le, de grandes difficultés nous attendent.

Si on basait sa confiance dans l'efficacité d'un agent thérapeutique sur le témoignage d'observations banales, ou des réclames intéressées qui s'étalent dans nos feuilles publiques, on s'exposerait à de nombreuses déceptions.

Mais s'il s'agit d'un remède qui a fait ses preuves, reconnu réellement utile dans telle ou telle maladie, contre tel phénomène déterminé ; si l'application en est faite dans des conditions d'opportunité et en tenant compte de toutes les données d'une indication rationnelle, il y a tout lieu de croire que dans le plus grand nombre des cas le succès répondra à l'attente.

Que l'emploi d'un tel remède échoue dans quelques circonstances, il ne faut pas se prévaloir de ces échecs pour en déprécier la valeur et lui dénier sa vertu ; il y a tant de causes qui peuvent intervenir pour modifier ces résultats....

Une des causes qui compromettent bien souvent la réputation des agents thérapeutiques, c'est l'incertitude de leur qualité et de leur bonne préparation.

Trop d'exemples de déceptions viennent démontrer que de ce côté le praticien ne peut être complétement rassuré.

J'ai dit ailleurs ce qu'il fallait penser de l'action des remèdes secrets. Produits de l'industrialisme et du charlatanisme, ces agents ne sont pas toujours inefficaces, l'expérience le démontre. C'est que, sous le cachet qui en dissimule la nature, les habiles préparateurs y introduisent des substances actives bien connues, lesquelles, exhibées sous leur nom véritable n'auraient pour le vulgaire aucun attrait nouveau ; mais sous le voile de l'inconnu ils permettent à l'imagination d'y attacher l'espérance d'un effet merveilleux ; et telle est la raison de la vogue qui englobe en masse tous ces agents : l'efficacité de quelques-uns, grâces à l'intervention de médicaments puissants qui en font la base, fait passer tous les autres même les plus ineptes et les plus ridicules.

Ces derniers d'ailleurs, moins sûrs d'eux-mêmes, ont recours à l'auxiliaire puissant des annonces de nos feuilles publiques, de réclames attestées et certifiées par les noms les plus vénérables, et d'articles spirituels et savants occupant parfois les meilleures places de nos revues scientifiques.

Mais il n'y a pas que les remèdes secrets qui viennent encombrer en ce moment la matière médicale.

Des préparations nouvelles que nous voyons naître tous

les jours ont pour prétention de remplacer avec avantage des médicaments anciens qui ont fait leurs preuves et acquis droit de cité. Ces nouveaux venus ne diffèrent le plus souvent des premiers que par la forme qui en facilite l'emploi, en supprimant ce qu'ils offrent de désagréable aux sens ; ou bien de ces remèdes anciens la chimie a isolé les principes actifs qu'elle propose à la médecine comme plus efficaces et plus commodes pour l'emploi. Les raisons de ces changements ne sont pas toujours sans valeur ; quelques-unes de ces préparations feront leur chemin ; mais combien d'autres à côté que nous voyons poindre aujourd'hui entourées d'égards, d'honneur et de succès, et que nous verrons demain tomber dans l'oubli après être devenues pour leur inventeur un objet de trafic et parfois un tour de fortune.

Longue serait la nomenclature de ces derniers agents à propos desquels vous avez entendu dire quelquefois : *employez vite ce remède, usez-en tout de suite pendant qu'il guérit, demain il ne fera plus rien.*

S'il fallait citer quelques-uns de ces remèdes prétendus héroïques et infaillibles, je n'aurais que l'embarras du choix ; je ne veux pas faire de jaloux.

Mais j'ai le droit de dire que l'insuccès de ces nombreux moyens, les déceptions qu'ils nous font éprouver tous les jours sont la cause d'un scepticisme qui rejaillit sur la matière médicale tout entière de la part du vulgaire comme de celle de bon nombre de praticiens au regard léger et superficiel.

Pour nous, observateurs attentifs et désintéressés, sachons faire la part de chacun ; au milieu de ce fouillis d'éléments divers, d'alliages bizarres, cherchons le métal précieux, rejetons la fausse monnaie si habilement frappée qu'elle soit et ne réservons pour l'usage que le métal de bon titre.

J'ai dit ce qu'il faut penser des remèdes secrets et des remèdes nouveaux.

Quant aux agents thérapeutiques dont la réputation est faite, que penser des déceptions qu'ils donnent quelquefois?

La réponse est bien simple, c'est qu'ils ont été ou fournis de mauvaise qualité ou mal préparés; ce n'est pas le médicament qui est fautif, c'est le pharmacien.

Il y a, Messieurs, sous ce rapport, de tristes choses à dire. Loin de moi la pensée de faire planer sur la profession pharmaceutique tout entière la moindre imputation malveillante; mais la mission d'Inspecteur des pharmacies, qui m'est dévolue depuis longtemps, m'a permis de m'éclairer et me donne le droit de déclarer qu'il y a parfois de regrettables défaillances.

Je ne veux qu'invoquer ici le témoignage des faits; je me demande comment il se fait qu'un médicament, prescrit à la dose ordinaire de son emploi, ne produit aucun effet, tandis que le même médicament, fourni par une autre officine et employé à la même dose chez le même individu, donne les résultats efficaces qu'on devait en attendre

Il y a ici conclusion forcée : que le médicament dans le premier cas était de mauvaise qualité.

La responsabilité du pharmacien, par rapport à la pratique médicale, est considérable ; la santé et la vie des malades sont souvent à la merci de la qualité des médicaments.

La réputation du médecin peut à tout instant être mise en question, lorsqu'ayant annoncé à l'avance l'efficacité d'un remède, il voit ses prévisions déçues par la mauvaise foi du préparateur.

Ce dernier à son tour peut voir son avenir compromis, son officine délaissée, s'il est constaté quelquefois que ses produits sont inertes et sans valeur. Les faibles profits qu'il aurait faits par la vente de quelques substances altérées ne compenseraient jamais le préjudice qui ressortirait de l'éloignement de sa clientèle.

Or, si l'expérience médicale démontre la déplorable incurie de quelques pharmaciens, l'inspection des officines vient confirmer le fait.

Les rapports adressés chaque année à la Préfecture à la suite de la visite annuelle des jurys médicaux, constatent que quelques pharmacies sont tenues avec une extrême négligence.

Certains médicaments sont altérés ou de qualité inférieure, d'autres sont mal préparés. Les préparations simples qui se détériorent par le temps, par l'exposition à l'air et à la lumière et qui doivent par suite être renouvelées chaque année dans la saison des récoltes, sont fournies telles quelles aux malades malgré leur vétusté et leur altération.

Et remarquez que parmi ces substances il en est plusieurs, comme la poudre de digitale, la poudre de scille et autres, d'une efficacité réelle et sur lesquelles le praticien doit pouvoir toujours compter.

Il serait à désirer que l'autorité se montrât sévère contre ceux qui trompent ainsi médecins et malades, et semblent se jouer de la santé publique.

Une chose regrettable qui paraît devoir passer en usage dans l'exercice de la pharmacie, c'est de voir que bon nombre de préparations importantes, qui devraient être faites dans l'officine, sont préparées en grand par les droguistes chez lesquels les pharmaciens les prennent de confiance ; tels sont les extraits.

Ces sortes de produits, qui s'altèrent facilement, sont quelquefois fournis dans de mauvaises conditions : ou ils ne sont pas amenés à la consistance convenable et ne possèdent pas les propriétés qu'ils doivent avoir, ou bien ils ont été exposés trop longtemps à la chaleur et sont brûlés.

Parfois ces extraits sont vendus mélangés dans des conditions supposées convenables pour des préparations complexes.

Eh bien, ces produits trompent quelquefois l'attente du

praticien ; et comme il est difficile d'en contrôler par l'analyse la bonne préparation, il y a lieu de croire qu'ils sont
falsifiés par mélange avec d'autres substances semblables
en apparence et d'un prix moins élevé.

Nous devons tenir à ce que ces sortes de remèdes
soient préparés par les pharmaciens eux-mêmes avec
des plantes récoltées en temps utile (condition indispensable pour qu'elles possèdent toute leur efficacité) ; que
les extraits altérés par le temps, ceux ayant subi un com-
mencement de fermentation soient rejetés et remplacés.

Ce que j'ai dit des extraits, je le répéterai de ces nombreuses préparations faites en grand par les pharmaciens
en renom de la capitale, lesquelles sont répandues partout
et prescrites de confiance par tous les praticiens.

Telles sont encore les préparations ayant pour base les
alcaloïdes végétaux : digitaline, atropine, aconitine, etc., etc.,
et enfin ces substances si nombreuses fournies sous forme
de granules ou autres dont certaines officines ont, ce
semble, acquis le monopole ; médicaments qui doivent surtout leur vogue à l'immense publicité que leur donnent nos
feuilles politiques et médicales.

Tous possèdent-ils bien réellement les propriétés que
leur attribuent le courant de l'opinion et le charlatanisme ?
On serait tenté parfois de mettre le fait en doute en
songeant que si, parmi ces remèdes, il en est qui sont
doués d'une efficacité incontestable, il en est d'autres identiques en apparence et provenant d'officines différentes qui
donnent des résultats à peu près nuls.

Plusieurs journaux de médecine ont publié dernièrement
une note d'un praticien relative aux granules d'aconitine.

Cet agent, considéré comme doué de propriétés énergiques et ne pouvant être employé qu'en granules de
$1/2$ milligramme, fut donné à un malade à des doses qui
eussent dû être évidemment toxiques : il prit en trois
jours jusqu'à 200 grammes et sans éprouver la moindre
impression.

Le plus joli de la chose, c'est qu'un journal médical ait pris texte de cette défection de l'aconitine provenant d'une certaine... boutique pour prôner en réclame les granules de même nom provenant de certaines autres.... officines. Il faut ajouter que le prôneur y met assez de charme et d'esprit pour qu'on soit tenté de suivre à l'occasion le conseil qui termine son article : Essayez-les.

Ces faits sont déplorables pour l'art médical. Il s'agit ici presque toujours d'agents doués d'une activité considérable ; si le praticien ne peut pas compter sur leur bonne qualité ; s'il s'élève dans son esprit des doutes sur la probité des pharmaciens qui les préparent ; s'il ne peut les prescrire qu'avec hésitation et doit demeurer sans cesse dans l'inquiétude à propos de leur efficacité ; sa confiance s'en trouvera bientôt ébranlée ; puis, d'une foi chancelante, naîtra le scepticisme à leur sujet. Il considérera dès lors tous ces remèdes nouveaux de forme et d'aspect, conquêtes de la chimie moderne, comme produits de l'industrialisme et circonscrira toute sa thérapeutique dans les limites fort restreintes de quelques médicaments éprouvés et des substances simples.

Tel est, il faut le dire bien haut, la voie fâcheuse dans laquelle s'engage aujourd'hui l'exercice de la pharmacie ; il est temps qu'elle s'arrête sur cette pente qui la mène inévitablement au plus complet abandon.

J'aime à croire, Messieurs, que vous ne trouverez pas tout à fait oiseuses ces réflexions relatives à l'exercice de la pharmacie. Elles feront ressortir davantage l'espèce de solidarité qui rattache cette profession à la thérapeutique.

Vous apprécierez la nécessité de rapports affectueux avec le corps pharmaceutique.

Vous devrez vous assurer de la bonne tenue des Officines autour de vous ; vous suivrez avec attention les effets des agents thérapeutiques de provenances diverses ; et s'il vous

arrive d'éprouver de la part des plus importants des déceptions incontestables, vous n'hésiterez pas à en prévenir le
retour par de sérieux avertissements ; et, en cas d'insuccès,
à délaisser complétement les Pharmacies tenues dans des
conditions déloyales.

V.

La confiance en la médecine se trouve encore profondément ébranlée à la vue de la diversité des doctrines et des
systèmes qui ont tour à tour régné dans la science ; systèmes
le plus souvent contradictoires et opposés, aux regards desquels ce qui était considéré hier comme vérité se trouve aujourd'hui taxé d'erreur et remplacé par l'opinion contraire.
De là est né le vieux proverbe qui traduit bien cet antago-
nisme des doctrines médicales : *Quand Hippocrate dit oui,
Galien dit non.*

La prétention de ces systèmes dissidents va loin ; ils
veulent non-seulement donner une interprétation rationnelle
de l'origine du développement et de la nature des maladies ;
mais aussi du mode d'action des remèdes et du mécanisme
de la guérison sous leur influence.

Ce n'est pas sans raison qu'un pareil désarroi de doctrines
dans la science médicale ait fait naître l'incertitude et le
doute non-seulement dans l'opinion vulgaire mais aussi dans
l'esprit des hommes éclairés.

Voyons ce qu'il faut penser d'une pareille situation ; et
ce qu'il faut répondre à un fait qui tendrait à justifier le
scepticisme médical.

Remarquons d'abord que les doctrines ont pour base des
faits, et que les dissidences ne portent que sur l'interprétation de ceux-ci.

Observés à toutes les époques, les phénomènes médicaux
sont invariablement les mêmes quand les conditions de leur
rencontre sont identiques.

Cependant les observateurs n'ont pas vu les mêmes choses; ou plutôt, préoccupés d'idées préconçues, d'hypothèses arrêtées, ils ont, par une interprétation fantaisiste, fait plier les faits au joug de leurs propres idées et les ont fait servir à l'appui de leurs systèmes.

Mais malgré ces dissidences systématiques, tenons compte d'une réflexion vraie de Cabanis : « Basée sur l'observation exacte des faits, la pratique des bons médecins, dit-il, est uniforme dans tous les siècles et tous les pays comme la nature elle-même. »

Les maladies, il est vrai, ont pu subir des changements durant le cours des âges ; de même qu'elles varient et revêtent des caractères particuliers selon les climats, les saisons, etc...; il n'est pas étonnant alors que la thérapeutique, trouvant des indications nouvelles, ait dû se modifier selon ces exigences. Il n'y a pas là assurément de motifs en faveur de la négation de l'art médical.

On ne justifierait pas aussi bien, je suppose, les divergences notables et parfois les opinions diamétralement opposées entre certains chefs d'école, qui trouvaient dans le même phénomène la confirmation de leurs propres idées et le rattachaient, l'un à un surcroit de forces, l'autre à un excès de débilité ; et échaffaudant sur cette base un système thérapeutique, le premier abattait les forces en excès par les débilitants, le deuxième relevait celles-ci par l'usage des toniques ; chacun érigeant son hypothèse en principe général, en faisant l'application à toutes les formes morbides, prétendait en même temps au privilége d'une guérison presque infaillible.

Ces monopoles systématiques ne sont pas assurément ceux de la vérité ; il faut croire cependant que si, dans les deux camps opposés, tous les malades ne guérissaient pas, tous ne succombaient pas non plus. Même en faisant la part du hasard et de l'action de la bonne nature médicatrice, il y a lieu de rechercher la raison de ces succès opposés ; et l'observation attentive de la marche des maladies jette sur ce point des clartés remarquables.

Quand deux médecins adoptant sur une maladie des vues contradictoires prescrivent des remèdes d'un genre différent, vous croyez devoir conclure que l'un d'eux est nécessairement dans l'erreur. C'est que vous ignorez qu'en suivant des routes diverses ils peuvent arriver au même but, et qu'en paraissant opposés ils peuvent avoir raison également. Voilà ce que nous chercherons à démontrer.

La nature dans le cours des maladies n'a pas qu'une seule voie pour modifier l'organisme et ramener la santé.

Les modifications spontanées qu'elle détermine se traduisent par des manifestations fort diverses, entre lesquelles elle choisit celle qui est plus appropriée à ses vues de réparation.

La crise qui juge bien souvent les maladies s'opère par la voie des sécrétions. Mais le choix de l'appareil n'est pas exclusif ; quand elle ne peut l'accomplir par un émonctoire, la nature la réalise souvent par un autre. Elle opère par la transpiration cutanée, par exemple, ce qu'elle n'a pu faire par les urines ou par les selles.

Les éliminations sécrétoires peuvent donc se suppléer ; et il n'en est aucune qui ne puisse être remplacée par une autre.

Eh bien, l'œuvre qu'accomplit d'elle-même la nature, l'action thérapeutique l'exerce également et par des moyens différents : ce qu'un médecin obtiendrait par les antiphlogistiques, je suppose, un autre le produira par les purgatifs ; un troisième par les sudorifiques ou les diurétiques, etc., etc...

Il faut aussi savoir que des effets différents peuvent être obtenus par le même agent thérapeutique : ainsi le tartre stibié peut faire vomir, peut aussi purger, ou faire transpirer ou expectorer.

Le médecin qui a observé avec attention ces actes spontanés de l'organisme et en a constaté les résultats favorables, s'applique, dans des conditions analogues, à provoquer les mêmes déterminations critiques.

Les moyens qu'il emploie dans ce but ne sont pas indifférents, mais il se base pour le choix sur la tendance que présente l'organisme à adopter telle ou telle voie d'élimination. Ce n'est pas l'attachement exclusif à tel ou tel système qui le détermine ; mais il prend toujours pour guide les indications rationnelles que fournissent à la fois l'organisme et l'état morbide.

Que la nature, dans bien des cas, amène seule et sans le secours de l'art la guérison des maladies, cela n'est pas mis en doute. Mais on ne peut non plus nier que la médecine n'intervienne efficacement soit pour favoriser les tendances curatives de la nature, soit pour rendre ses déterminations plus rapides et plus efficaces.

S'il y a des maladies que la nature seule guérit, il en est d'autres qu'elle ne guérit jamais ou presque jamais. De ce nombre sont toutes les affections et altérations déterminées par l'action des substances toxiques : on arrêtera les effets sur l'organisme du poison par l'action d'un antidote; la mort sera la conséquence de l'abstention de l'art.

Les maladies paludéennes et les lésions qui en découlent, abandonnées à elles-mêmes, seront inévitablement funestes; elles seront le plus souvent conjurées en même temps que leurs conséquences par l'intervention du quinquina.

Les affections typhoïdes, si graves et si tenaces, pourront peut-être se guérir à la longue étant abandonnées à elles-mêmes ; mais qui oserait affirmer que les diverses médications mises en œuvre selon les indications et la période : les évacuants au début, les toniques au déclin, les agents hygiéniques pour réagir contre les conditions infectieuses qui entourent le sujet et, *peut-être*, les moyens de l'hydrothé-

rapie ; qui voudrait soutenir, dis-je, que ce soit là des ressources sans valeur et complètement inutiles dans tous
les cas?

Je sais que cette thèse a été quelquefois soutenue ; mais
j'en laisse à qui de droit la responsabilité et l'honneur.

Que deviennent d'ordinaire les affections caractérisées par
des déviations sécrétoires : les suffusions séreuses de
la plèvre, du péritoine, l'œdème, l'anasarque, abandonnées aux seules ressources de la nature ? n'accusent-elles
pas le plus souvent l'impuissance de celle-ci?

Tandis que bien souvent, je ne dis pas toujours, l'intervention de l'art parvient à provoquer, vers les grands appa-
reils sécréteurs, des déterminations critiques qui amènent
parfois une guérison complète, parfois une amélioration
marquée.

Et s'il arrive que l'inefficacité de ces ressources dépende
de l'impuissance de l'organisme à prêter son concours à une
réaction nécessaire, l'intervention des corroborants et des
toniques le relève d'abord de sa débilité et lui rend l'aptitude convenable à subir l'action des modificateurs directs
impuissants naguère à provoquer une perturbation
salutaire.

Ces considérations suffisent, ce me semble, à démontrer
l'inanité des motifs tirés de la divergence des doctrines médicales pour saper les bases de l'art lui-même et nier la
réalité de la science.

VI.

Maintenant, Messieurs, que faut-il penser des impressions
malveillantes et des sarcasmes dont la médecine a été l'objet
à diverses époques, tant de la part des esprits vulgaires que
des intelligences élevées?

Il était de bon ton à Paris au siècle dernier de se moquer
de la science médicale, de la traiter de chimère et de lui
jeter insulte et mépris.

La chanson des rues, le roman, la satyre et le théâtre concouraient à l'envie à dénigrer notre art par imputations haineuses, par le relief d'ineptie et par le ridicule.

Certaines personnalités du temps, dit-on, prêtaient peut-être par leurs travers à ces jugements ; je n'oserais le nier. Il y a eu à toutes les époques *comme aujourd'hui* de pareilles figures. Mais néanmoins ces attaques étaient-elles bien fondées ?

L'ignorance chez quelques-uns des pratiquants de l'art était peut-être notoire; mais ce n'était pas seulement sur eux que tombait l'anathème vulgaire ; car ceux-ci, comme tous les tenants du charlatanisme, parviennent toujours à s'imposer aux masses par un prestige d'habileté et d'audace.

Ce qui concourait surtout alors à dénigrer la science, c'était la lutte ardente entre les hautes célébrités médicales de l'époque ; les disputes à propos de certains remèdes préconisés par les uns comme héroïques, repoussés par les autres comme agents toxiques et incendiaires ; les débats au sujet de l'émétique, les disputes sur l'antimoine, les discussions à propos de la saignée, etc.... Telles furent les causes qui jetèrent dans les esprits les premiers germes du scepticisme qui, éclos d'abord dans le monde savant, se répandirent ensuite dans les masses.

Mais nous avons remarqué déjà que cette incroyance ne tenait pas devant la nécessité ; et qu'alors comme aujourd'hui, on voyait les plus ardents détracteurs de la médecine se montrer, dans la maladie, les plus empressés à recourir à son intervention. On les voit même bien souvent ne pas se contenter des conseils de la vraie science, mais confier leur santé et celle des leurs aux mains de charlatans vulgaires.

Dans les luttes médicales dont le XVIIe siècle nous a légué le tableau, on doit reconnaître du moins que les disputes, les opinions dissidentes étaient de part et d'autre soutenues avec conviction ; et chacun des défenseurs n'hésitait pas à mettre en pratique, soit pour lui-même, soit pour ce qu'il avait de plus cher, les formules les plus rigoristes de son système ; les tenants de l'émétique usaient largement de ce remède sans nul souci des arrêts du Parlement ; de même que Guy Patin saignait et resaignait avec une abondance que n'eût pas renié l'ardente école Physiologique.

Mais que dire aujourd'hui du scepticisme médical chez les médecins, de la médecine dénigrée par des médecins ?

Ce n'est que la rougeur au front, ce semble, qu'on puisse aborder un pareil sujet. Il faut bien l'avouer, notre profession offre parfois le tableau de tristes défaillances.

« Mais nous remarquons volontiers avec Cabanis, qu'on ne rencontre parmi les médecins détracteurs de leur art aucun praticien réellement recommandable ; que ce sont ou des spéculateurs souvent étrangers à toute pratique, ou des hommes sans tact que des malheurs constants en ont dégoûté avec raison. »

Il suffit d'ailleurs de voir à l'œuvre de tels hommes pour es juger : l'ignorance dissimulée par une faconde habile et une assurance sans égale, double cachet du charlatan, tranche toutes les questions au gré ou au hasard de l'humeur et de la fantaisie, traite les maladies sans les connaître, applique des remèdes sans discernement et par routine ; et on s'étonne que de nombreuses déceptions viennent répondre à une telle pratique !

Que peut-il sortir de là sinon le doute et le scepticisme radical ?

Vous ne vous engagerez pas, Messieurs, dans une pareille voie ; vous vous efforcerez de demeurer également éloignés de la crédulité facile et du scepticisme absolu.

Vous tiendrez pour respectables les croyances sincères quelles qu'elles soient; mais vous vous rappellerez aussi que, dans le domaine scientifique, il est permis, il est rationnel de n'arrêter ses convictions, de ne donner sa foi, qu'à ce qui est positivement démontré. Là toutefois il faut encore savoir qu'il n'y a pas qu'un seul genre de preuves ; que chaque science a la sien ; que les démonstrations mathématiques applicables aux sciences spéculatives ne peuvent convenir aux faits de la pratique médicale et qu'il faut, pour ceux-ci, se contenter d'approximations plus ou moins exactes qu'on peut appeler de certitude pratique.

La vraie science apprécie à leur valeur les faits tels qu'ils se manifestent ; ses applications thérapeutiques faites avec discernement lui donnent parfois des mécomptes, mais bien plus souvent des succès réels ; elle ne s'étonne ni des uns ni des autres.

Elle sait que toutes les maladies ne sont pas guérissables ; qu'il n'y a pas remède à toutes les affections ; que la machine humaine, comme toutes les machines, est susceptible d'usure.

Quand le jeu affaibli des organes ne se traduit plus que par des troubles et des irrégularités fonctionnelles, il y a encore pour le médecin un rôle à accomplir ; s'il ne peut plus guérir, il peut du moins soulager.

La vie d'ordinaire ne s'en va pas sans souffrance ; quand on ne peut plus ranimer la première, c'est quelque chose, croyez, de soulager la seconde ; et le plus souvent on le peut.

« Quant à moi, disait Cabanis, je certifie que l'intervention médicale est souvent utile et je crois qu'elle peut le devenir presque toujours. Dans les cas même les plus désespérés, il est du moins possible de pallier le mal et de soulager le malade ; et cela doit bien être compté pour quelque chose. »

CHAPITRE III.

De même qu'à l'abord des études pathologiques on ne peut se dispenser de l'examen sinon complet du moins suffisamment développé des doctrines médicales ; de même au début de l'étude de la Thérapeutique vous ne pouvez vous désintéresser de l'investigation générale des doctrines thérapeutiques.

Ce travail d'ailleurs n'est plus à faire ; Trousseau, dans la belle introduction de son traité, a exposé en savant et en artiste, c'est-à-dire avec le double prestige de la science et de l'art, les notions les plus développpées sur ce sujet.

Je ne crois pas devoir faire en ce moment cet examen complet des doctrines thérapeutiques plus fécond en déductions théoriques qu'efficace au point de vue pratique ; mais il m'a semblé utile, surtout sous ce dernier rapport, de considérer ensemble l'une d'elles qui, dans le monde, est encore l'objet de quelque faveur, compte au sein du corps médical un certain nombre d'adeptes qui semblent la défendre avec conviction et parmi lesquels se trouvent des intelligences distinguées ; je veux parler de la doctrine Homœopathique.

Je ne veux pas, comme ses partisans nous le reprochent sans cesse, apprécier la médication Homœopathique d'après ce qu'en ont écrit ses adversaires ; ce procédé pourrait, avec quelque raison, être taxé de partialité ; j'exposerai tout d'abord les bases de la doctrine, empruntant le texte même des auteurs qui en défendent les principes ; je présenterai

---

1 Les pages qui vont suivre sont demeurées étrangères à mon enseignement ; mais l'examen du sujet qu'elles comportent m'a semblé un complément utile, sinon nécessaire, de la question des bases de la certitude médicale.

ensuite les objections suggérées par une critique modérée
et indépendante, pour arriver enfin aux conclusions qui
découleront de ce double examen.

Je ne dissimulerai pas l'aveu que j'ai cru longtemps
la pratique de l'Homœopathie inconciliable avec la raison et
la bonne foi ; il a fallu le témoignage d'hommes sérieux
pour me faire admettre qu'on pouvait être Homœopathe de
bonne foi.

J'ai entendu d'autre part dans le monde poser devant moi
la question pourquoi je ne pratiquais pas l'Homœopathie ;
et affirmer hautement que l'adoption de ce système me pro-
curerait bien vite célébrité et fortune.

L'enseignement qui m'est confié m'imposait le devoir
d'une étude attentive de la doctrine dont il s'agit ; et l'examen que nous allons faire ensemble vous dira pourquoi je
n'ai pas adopté la doctrine Homœopathique ; pourquoi je ne
puis pas être Homœopathe.

I.

La médecine pendant une longue suite de siècles, d'accord, ce semble, avec le bon sens, avait admis au nombre
de ses axiomes, la célèbre proposition de Galien : *Contraria,
contrariis curantur*. On n'ignorait pas toutefois que sup-
primer les causes morbides, opérer une perturbation dans
l'organisme pour le faire rentrer dans les voies naturelles
ce n'était pas précisément faire le contraire de la maladie.
Personne ne contestait donc la vérité de cet antique adage,
lorsque vers la fin du siècle dernier un Allemand voulut ré-
former la croyance commune et prit pour base de son système la loi des semblables.

Le point de départ de son inspiration, comme il nous l'ap-
prend lui-même, fut l'action fébrigène du quinquina. Ce
médicament qu'il prit un jour en parfait état de santé dé-
termina un accès de fièvre ; de là il conclut que si le quin-

quina guérit la fièvre, c'est qu'il est capable de la produire.

Ce raisonnement, Hahnemann le fit pour un certain nombre d'autres remèdes ; il découvrit dans les auteurs anciens des faits qui lui parurent confirmatifs de son système : Hippocrate guérit le choléra par l'ellébore blanc ; le mercure, qui produit sur l'homme sain la plupart des accidents qui caractérisent la maladie vénérienne, est employé pour guérir la syphilis. De tous ces faits de guérison par les semblables, il en fit déduire sa loi : *Similia similibus curantur.*

Quelle était pour Hahnemann la définition de la maladie ? La maladie est tantôt une aberration dynamique de notre vie spirituelle, tantôt un changement immatériel de notre être.

Quant aux lésions organiques, jamais il n'y songe ni ne s'en enquiert : il ne s'occupe que des symptômes.

Les maladies aiguës cependant méritent bien quelques égards ; sans doute elles guérissent parfois d'elles-mêmes, mais elles tuent bien aussi rapidement.

Les maladies chroniques sont expliquées par une série de causes occultes et malfaisantes qui altèrent peu à peu l'organisme et finissent par le détruire sans que la force vitale puisse en arrêter l'action. Hahnemann rattache toutes les maladies chroniques aux trois influences morbides suivantes : la Syphilis, la Sycose et la Psore.

On se demande pourquoi ces trois causes morbides seulement ? Serait-ce pure fantaisie de l'auteur ?

L'importance capitale de ces trois affections s'est concentrée presque tout entière sur la Psore, dont on a fait *la gale.*

Cette affection, reconnue aujourd'hui comme parasitaire et purement locale sans nul retentissement sur le reste de l'organisme, est devenue l'origine et la source de la plupart des maladies chroniques.

« Un nombre infini de maladies de toutes sortes sont engendrées par la gale. C'est elle qui, passant à travers des millions d'organismes humains pendant des centaines de générations, se modifie de manière à offrir toutes les formes morbides qui, sous les noms d'hystérie, démence, épilepsie, rachitisme, carie, cancer, jaunisse, goutte, hémorroïdes, hémorrhagie, asthme, phthisie, impuissance, stérilité, migraine, catarrhe, amaurose, gravelle, paralysie, etc., etc... figurent dans les pathologies comme autant d'affections distinctes. » [1]

D'après de telles bases, il fallait, semble-t-il, édifier une thérapeutique à part et procéder à la recherche d'agents spécifiques; il fallait combattre, non les manifestations symptomatiques, mais la cause supposée permanente de ces lésions organiques ou fonctionnelles.

Or, c'est le contraire qui est fait. Hahnemann ne s'occupe que de l'ensemble des symptômes ; c'est la seule chose à ses yeux que la médecine doive chercher à combattre. Je me trompe ; ce n'est pas pour les combattre que l'auteur se préoccupe autant des symptômes, ni pour ramener l'ordre là où il y a trouble fonctionnel ; son but est de substituer une affection médicamenteuse aussi semblable que possible à la maladie spontanée, mais seulement moins tenace et plus facile à dissiper.

« Toute affection dynamique dans l'organisme vivant est éteinte d'une manière durable par une autre plus forte, quand celle-ci, sans être de même espèce qu'elle, lui ressemble beaucoup dans la manière de se manifester [2]. »

Confiant dans la sagesse de la nature, Hahnemann croyait *à priori* que chaque maladie spontanée devait trouver, parmi les êtres de la création, un agent capable d'en reproduire exactement les traits distincts, par conséquent de se substituer à elle et de la faire disparaître.

1 *Organon*, p. 184.
2 *Organon*.

Il s'occupe donc de rechercher dans l'arsenal thérapeutique des agents spécifiques pour toutes les maladies.

Il institua dans ce but, de concert avec quelques-uns de ses disciples, une série d'expériences.

Il essayait les médicaments sur lui-même et sur ses amis, et notait avec un soin extrême tous les symptômes même les plus légers et les plus indifférents, qui se manifestaient à la suite.

Ainsi le quinquina a fourni 3000 symptômes différents ; la belladone en a fourni à peu près autant.

Voilà donc 6000 symptômes de maladies dévoilés par l'emploi de deux agents thérapeutiques seulement.

Hahnemann était convaincu que la plupart des agents thérapeutiques devaient manifester les symptômes d'un certain nombre de maladies. Ceux en petit nombre qui ne fournissent que quelques symptômes peu accentués sont appelés *remèdes* imparfaitement homœopathiques.

Parmi les médicaments considérés comme vraiment homœopathiques, il en est de si bizarres dans leurs effets présumés qu'on ne peut que sourire en rappelant les assertions émises par l'auteur ; ainsi :

La bryone............ contre la colère et l'insomnie.
Le jalap ....   »   les coliques.
Le colchique ....   »   l'hydropisie et l'*anurie*.
L'ipécacuanha ....   »   l'asthme.
La belladone ....   »   la scarlatine.
L'opium et le copahu...   »   l'érythème.
Le tabac ....   »   le vertige et les palpitations.

Il est bien évident qu'aucune induction rationnelle ne vient justifier l'emploi de ces divers agents dans les cas susindiqués.

Nous devons remarquer que les expériences de l'auteur pour constater sur l'homme sain les effets physiologiques des remèdes, furent faites au moyen de doses médicamenteuses ordinaires, telles que nous les employons nous-

mêmes. Mais plus tard, Hahnemann soutint que les médicaments n'agissent pas en vertu de leurs propriétés
physiologiques, mais bien par leurs propriétés dynamiques;
dès lors, les doses des médicaments importent peu et il les
réduit à des proportions d'une exiguité infinie admettant
que leur action s'exerce non sur les éléments organiques,
mais sur la vie spirituelle.

« Il ne s'agit pas, dit-il, de purger, de faire vomir ou de
produire les effets ordinaires des médicaments ; il faut
seulement reproduire les symptômes des maladies à
supplanter. »

Ce qu'il faut, ce sont des substances douées de vertus
occultes reconnues seulement par l'empirisme, ou, comme
il le prétend, par les effets manifestés chez l'homme sain ;
et, puisque la force est indépendante de la masse, il importe
peu de donner le remède en grande ou petite quantité.

L'emploi des doses infinitésimales à la manière d'Hahnemann n'est pas adopté par tous les homœopathes ; « il en
est quelques-uns qui n'ont pu se familiariser encore avec
les globules et, craignant que la dose de deux ou trois
globules ne soit par trop faible, ils ne prescrivent jamais
que des gouttes entières. »

Nous verrons plus loin jusqu'à quelles limites a été portée
l'atténuation des doses médicamenteuses.

L'école nouvelle, pour démontrer l'efficacité des doses
infinitésimales, s'étaye de l'effet sur l'organisme des virus,
des miasmes et des poisons septiques qui exercent leur action morbigène à des doses d'une excessive atténuation et
inaccessibles à nos moyens d'investigation.

Cette proposition est devenue la clef de voûte de tout le
système homœopathique.

Voici ce que je lis à ce sujet dans la *Pharmacopée
homœop*, p. 37 :

« Plusieurs homœopathes ont considéré le procédé par
lequel les doses infinitésimales acquièrent leur efficacité

comme analogue à l'infection par un miasme. Selon eux, le principe actif du médicament étant devenu libre par la destruction de la matière, il se communique au véhicule qui par là se trouve infecté et devient aussi actif que le médicament lui-même.

« Cette opinion est sans contredit celle qui mérite le plus d'attention; mais l'explication qu'elle donne est loin de satisfaire toutes les exigences, puisqu'au lieu d'expliquer la chose, elle la renvoie à un ordre de faits qui, bien que généralement admis, ne sont cependant point encore expliqués eux-mêmes. Le miasme quoique étant un corps impondérable n'en est cependant pas moins un corps, c'est-à-dire de la matière et partant soumis aux lois de celle-ci. Or, toute action de la matière soit mécanique, soit dynamique, est proportionnée à la quantité des atômes actifs que présente un volume donné, et tout le monde sait que non-seulement une grosse pierre pèse plus qu'une petite, mais aussi qu'un aimant d'un volume considérable est susceptible de développer et de manifester une action beaucoup plus forte qu'un autre qui serait moins volumineux. Si donc on veut prétendre qu'il se manifeste quelque part l'action d'un corps soit pondérable, soit impondérable, on est forcé d'admettre aussi la présence d'une certaine quantité d'atômes ; et ce qu'il y a de sûr encore, c'est qu'à mesure que cette quantité diminuera dans un volume donné, l'action de celui-ci diminuera aussi d'énergie [1]. »

Une autre remarque a été faite relativement à l'assimilation de l'action des doses infinitésimales à celle des miasmes et des virus.

Les poisons morbides n'agissent pas d'une manière égale à tous les degrés d'atténuation, leur puissance est bien en raison de leur masse ; et, communiqués à un organisme d'abord et à plusieurs autres ensuite, ils ne se divisent pas

[1] Nouvelle Pharmacopée homœopathique, par le Dr G. Jahr et Catellan frères, Pharmaciens, 3e édition, Paris 1862.

à l'infini comme par dilutions ou atténuations successives, mais bien par reproduction à la manière des germes; de telle sorte que l'agent, par sa transmission et sa dissémination, revêt chaque fois une activité et une énergie nouvelles. Et quant à la quantité, il y a une limite au-dessous de laquelle une substance morbigène devient impuissante : ainsi le virus vaccinal perd ses propriétés par une dilution trop étendue.

II.

THÉORIE ET APPLICATION DES DOSES INFINITÉSIMALES.

I. — Nous avons vu qu'au début de sa carrière médicale, Hahnemann employait les médicaments à des doses dites massives ou matérielles ; mais persuadé que la matière n'est que le support de la force mystérieuse qui guérit, il s'efforce de réduire autant que possible la masse des médicaments en même temps qu'il cherche à leur donner par divers procédés une activité supérieure.

Deux opérations sont recommandées par lui et réglementées rigoureusement.

La **première** consiste à réduire en poudre et à mêler la substance active avec du sucre de lait également pulvérisé.

Ce travail doit être fait de la manière suivante :

« Après avoir pesé la quantité nécessaire du médicament et du sucre de lait, on prend environ un tiers de celui-ci et on le met avec la quantité totale du médicament dans un mortier de porcelaine ; on mêle ensemble ces deux substances avec une spatule d'os ou de corne, et on broie le mélange avec une certaine force pendant six minutes ; ensuite on détache avec la spatule la masse du fond du mortier et du pilon et on le mêle de nouveau ; après quoi on continue le broiement pendant six minutes. Cela fait, on détache de nouveau la poudre adhérente au mortier et au pilon, on y ajoute le deuxième tiers du sucre de lait qu'on mêle au reste avec la spatule et ensuite on broie de nouveau pendant six minutes; on détache, on rebroie et détache de nouveau comme pour le premier tiers ; enfin on ajoute le dernier tiers du sucre de lait qui est mêlé, broyé et détaché de la même manière et pendant le même temps que les deux premiers. L'œuvre complète de cette première trituration demande une heure [1]. »

La trituration a pour but de développer les principes actifs du médicament par la division de ses molécules ; et cette division se fait d'autant mieux qu'on agit sur des quantités peu considérables. Aussi Hahnemann propose de ne jamais faire aucune trituration qui contienne plus de 5 grammes (100 grains), 1 grain de médicament avec 99 grains de sucre de lait. Telle est la 1re atténuation par trituration.

La 2me atténuation se prépare par le mélange au moyen des procédés sus-indiqués de 5 centigr. de la première atténuation avec 5 grammes de sucre de lait.

La 3me atténuation s'obtient en prenant 5 centigr. de la deuxième et 5 grammes de sucre de lait qu'on traite encore de la même manière.

Pour la 4me atténuation, on dissout 5 centigr. de la troisième dans un flacon contenant 50 gouttes d'eau distillée ; on secoue ce mélange comme les atténuations faites à l'alcool, après quoi on ajoute 50 gouttes d'alcool en imprimant encore quelques secousses au flacon.

« Toutes les atténuations qui suivent cette 4me se font ensuite à l'alcool pur tout à fait comme celles des teintures [2]. »

La **deuxième** opération plus simple se réduit à étendre une solution médicamenteuse dans un véhicule liquide, eau ou alcool, qu'on se contente d'agiter quelque temps.

1 Pharmacopée homœopathique, p. 32.
2   Id.   id.   p. 47.

La dilution est l'opération à laquelle on a généralement recours.

« Les dilutions homœopathiques sont au nombre de 30.

« La 1re est constituée par 1 goutte de teinture mère ou de Laudanum par exemple, dissoute dans 99 gouttes d'eau ou d'alcool.

« On obtient la 2me dilution en mêlant 1 goutte de la première avec 99 gouttes de véhicule ; la 3me avec 1 goutte de la 2me dans la même quantité de liquide inerte ; et ainsi de suite.

« On voit donc que si à la 1re dilution la goutte de liqueur mère n'est étendue que dans 100 gouttes de liquide; à la 2me cette même goutte (teinture mère) se trouve délayée dans 100×100, ou 10,000 gouttes, soit 500 grammes de liquide.

« Si nous supposons la goutte égale à 5 centigr. pour la commodité du calcul, nous obtenons :

A la 3e dilution. . 1 goutte (5 centigr.) dans 1 million de gouttes [soit 50 litres.

4e » . . 1 » » dans 100 millions de gout-[tes, soit 5000 litres.

5e » . . 1 » » dans 10 milliards de gout-[tes, soit 500.000 litres.

6e » . . 1 » » 5 et 7 zéros, soit 50 mil-[lions de litres.

7e » . . 1 » » » 9 zéros, soit 5 mil-[liards de litres.

8e » . . 1 » » » 11 zéros, soit 500 mil-[liards de litres.

9e » . . 1 » » » 13 zéros.

10e » . . 1 » » » 15 zéros.

« Enfin à la 30e dilution nous aurions: 5 suivis de 55 zéros en comptant toujours par litres.

« Telle est la nomenclature des dilutions homœopathiques [1].»

1 Pharmacopée homœop., p. 52.

« Il faut dire maintenant ce que sont les globules homœopathiques et comment ils sont préparés.

« Les globules saccharins sont de petites *non pareilles*
destinées à être imbibées des médicaments homœopathiques
afin qu'on puisse dispenser ces derniers avec plus de
facilité.

Chez les confiseurs ils sont préparés avec du sucre et de
l'amidon ; il est mieux de les faire exprès avec du sucre
purifié. Il importe que ces globules ne soient pas trop gros
afin de pouvoir se prêter à la dispensation des doses les plus
minimes.

« Pour charger ces globules des principes actifs d'un médicament, on les imbibe d'abord avec celle des atténuations
alcooliques que l'on désire ; puis, après s'être bien assuré
que tous ont été bien imprégnés, on les fait sécher et on les
introduit dans un flacon bien bouché ; on les conserve dans
un lieu sec. Les globules imbibés de cette manière ont un
aspect sec et terne ; tandis que dans leur état naturel ils
sont blancs et brillants [1].

« L'imprégnation des globules peut se faire avec des
atténuations de différents degrés.

« *On se sert souvent pour cela de la 30ᵉ atténuation.* »

Voyons, d'après Hahnemann et les tenants de sa doctrine,
les effets de ces diverses préparations :

« Le but des dilutions ou atténuations homœopathiques
est d'atténuer les effets trop énergiques des médicaments en
les mêlant à un véhicule plus étendu.

« Hahnemann se bornait d'abord à faire ces atténuations
dans la proportion de 1/100 ; mais voyant que ces préparations agissaient d'une manière trop énergique, il alla
bientôt plus loin et prépara une deuxième et une troisième atténuation. Il trouva encore celle-ci parfois trop
active et fut porté à pousser ses atténuations plus loin,

1 Pharmacopée homœop., p. 15.

afin de rencontrer le degré le plus convenable. C'est ainsi que dans les derniers temps il était arrivé à porter le chiffre des atténuations pour tous les médicaments indistinctement jusqu'à la trentième... [1] »

« Cette dernière atténuation loin d'avoir perdu toute efficacité se montre souvent encore trop énergique, et plusieurs Homœopathes qui ont poussé les atténuations jusqu'au delà de la 1000ᵉ ont constaté le même fait pour la dernière préparation de ces séries.

« Pour expliquer le fait vraiment inouï de l'efficacité de ses atténuations, Hahnemann avait essayé de poser en principe que plus on détruisait les parties matérielles d'une substance plus la vertu dynamique du médicament se mettait en évidence, et que pour augmenter l'énergie des préparations jusqu'à un degré incroyable il suffisait de les porter d'atténuation en atténuation, en les soumettant en même temps à un grand nombre de triturations et de secousses.

« Si ce principe était vrai, il en résulterait que, pour une substance dont 5 centigr. suffisent pour donner la mort, la même dose de la troisième atténuation devrait produire cet effet d'une manière beaucoup plus certaine, ce qui cependant n'a pas lieu [2].

« L'observation démontre au contraire que les différences d'énergie entre les atténuations d'un médicament sont si petites que jusqu'ici on n'a pu même décider avec certitude si ce sont les premières ou les dernières qui déploient une plus forte action [3].

« Il fut un temps où Hahnemann, de peur de donner trop de force aux préparations, avait conseillé de n'imprimer à chaque atténuation que deux secousses au plus, tandis que

---

1 Pharmacopée homœop. p. 35, etc...
2   Id.   id.   p. 36.
3   Id.   id.   p. 37.

plus tard il conseillait le contraire, c'est-à-dire de soumettre chaque atténuation à un nombre assez considérable de secousses (200 à 300) afin d'être sûr d'avoir des prépara- tions bien efficaces. C'est dans cette vue que certains Homœopathes ont essayé de construire des machines à succussion, de manière à pouvoir imprimer à leurs atté- nuations plus de 2 à 3000 secousses de la plus grande force; tandis que d'autres n'auraient pas même osé dé- placer un flacon, de crainte que ce nouveau mouvement en dehors du chiffre prescrit n'augmentât outre mesure l'énergie de la dose [1].

« En général on peut poser en principe que plus petite sera la proportion dans laquelle on mêle le médicament au véhicule dans chaque atténuation, plus il sera facile d'ob- tenir un mélange parfaitement intime et de répandre les molécules du médicament sur tous les points de la prépa- ration; de même plus le volume de chaque préparation sera considérable, moins il sera facile de faire subir aux molécules d'un médicament les divisions nécessaires.

« Une goutte de médicament versée dans le lac de Genève n'en fera jamais une atténuation homœopathique, *quoique la proportion dans laquelle cette goutte est au Lac soit loin d'être aussi petite que celle à laquelle se trouve le médi- cament dans la trentième atténuation.*

« Mais ce qui fait que cette atténuation, malgré la pro- portion infiniment petite du médicament contenu, n'en a cependant pas moins toutes les qualités, c'est qu'on l'a obtenu successivement en ne préparant d'abord que tout au plus 100 grains ou 100 gouttes de véhicule, avec 1 ou 10 grains d'un médicament, et en ne prenant de cette pré- paration pour en obtenir la 2me qu'après l'avoir bien imprégnée dans tous ses points des molécules du médi-

1 Pharmacopée homœop., p. 38.

cament ; de telle sorte que celles-ci sont aussi répandues par toute la préparation dans la 30ᵐᵉ atténuation que dans la 1ʳᵉ [1].

II. — « Nous avons remarqué déjà que pour Hahnemann ce n'est pas l'action immédiate du médicament mais bien la réaction de l'organisme contre les effets médicamenteux qui amène la guérison des maladies. Par conséquent, plus la dose est volumineuse, plus il est à craindre que la réaction ne se fasse soit avec trop de lenteur, soit pas du tout. »

C'est pourquoi Hahnemann qui dans le principe avait administré ses atténuations à la dose de 1 goutte, en vint bientôt à ne plus se servir que de petits globules à l'aide desquels il lui était possible de ne donner que la 100ᵉ partie de la goutte d'une atténuation et dont il ne donnait jamais plus de 2 ou 3 par dose, c'est-à-dire la 2 ou 3/100ᵉ de 1 goutte. Ce dernier mode est celui qui mérite la préférence.

On trouvera toujours d'ailleurs une *très faible différence d'énergie* entre la dose de 1 goutte entière préférée par quelques-uns, et celle de 2 ou 3 globules.

« Plusieurs médecins homœopathes, voyant *qu'un seul globule* délayé dans une petite cuillerée d'eau affectait souvent les malades très sensibles d'une manière trop énergique, ont imaginé de délayer ce globule dans ¼ ½ et même tout un verre d'eau et de faire prendre cette solution cuillerée par cuillerée. Si l'on se contente de n'administrer qu'une seule cuillerée pour toute dose, le but proposé de diminuer l'énergie peut parfaitement être atteint ; mais il faut encore pour cela que la dose que l'on fait dissoudre ne soit pas au-dessus de 1 globule, que la quantité d'eau soit considérable (un verre au moins), et de plus qu'on n'en administre qu'une cuillerée à café [2].

1 Pharmacopée homœop., p. 45.
2   Id.   id.   p. 385.

« Le mode d'administration par olfaction est sans contredit le plus propre à produire des effets passagers, rapides et en même temps assez doux. Seulement pour que l'action soit réellement plus douce que celle des autres doses, il faut avoir soin que le malade ne respire pas trop longtemps. L'olfaction la plus douce est celle qui consiste à ne faire flairer que 2, 3, 4 globules placés dans un petit tube. Quant à celle qui consiste à dissoudre ces globules dans un mélange d'eau et d'alcool du volume de 150 gouttes environ et à faire flairer ensuite cette solution, elle peut produire sur des personnes très sensibles des effets beaucoup moins doux que ceux que produiraient 2, 3, 4 globules pris à sec [1]. »

Hahnemann avait déjà remarqué le premier que chez un malade très sensible le moyen d'arriver au résultat le plus prompt est de faire respirer le sujet une seule fois dans un petit flacon contenant un globule imbibé du liquide médicinal très étendu. Après que le malade a flairé, on rebouche le flacon qui peut servir ainsi des années sans perdre sensiblement de ses vertus médicinales [2].

« Nous devons dire d'ailleurs que l'olfaction n'est mise en usage qu'exceptionnellement ; elle convient aux sujets extrêmement impressionnables et chez lesquels il importe de provoquer une action douce et passagère. Elle convient encore lorsque dans le cours d'un traitement il faut faire cesser quelques phénomènes intercurrents sans interrompre la médication ordinaire. Administré de cette manière, le médicament ne provoquera que des symptômes très passagers qui se dissiperont d'eux-mêmes en faisant place à une action bienfaisante [3].

« Nous résumerons ainsi qu'il suit les indications générales applicables à la pratique dans les diverses classes des maladies :

1 Pharmacopée homœop., p. 386.
2 *Organon*, p. 323.
3 Pharmacopée homœop., p. 382.

« L'olfaction, quelques globules à sec, une cuillerée à café de la solution d'un globule dans une grande quantité d'eau, seront les doses les plus favorables dans les affections les plus aiguës, chez les sujets irritables et surexcités. Dans les maladies aiguës, chez les sujets moins impressionnables, ce sera une cuillerée d'une solution de 2 ou 3 globules ou 1 ou 2 gouttes répétée toutes les deux ou trois heures jusqu'à ce que l'effet médicamenteux se soit manifesté.

« Dans les maladies chroniques avec lésions organiques et symptômes matériels, tels que suppuration, flux catarrhaux, désorganisation, la meilleure dose sera de 2 ou 3 globules dissous dans 8 onces d'eau et dont on fera prendre une cuillerée le matin seulement, ou bien matin et soir pendant cinq ou six jours, pour laisser ensuite agir le médicament plus ou moins longtemps.

« Enfin dans les affections aiguës avec tendance à la destruction de la matière organique, surtout si ces maladies dépendent de l'action d'un virus tel que la syphilis, la petite vérole, les fortes doses sont presque toujours indispensables [1]. »

III.

EXAMEN RAISONNÉ DE LA DOCTRINE HOMŒOPATHIQUE.

J'ai exposé les bases de la doctrine homœopathique avec des développements suffisants, ce semble, pour en faire apprécier la valeur. J'ai puisé aux sources les plus autorisées et notamment à la *Pharmacopée homœopathique* (le codex de la doctrine) les citations nombreuses que j'ai textuellement transcrites, et que j'aurais été tenté d'étendre encore. Je l'ai fait en imposant silence à toutes réflexions.

1 Pharmacopée homœop., p. 388.

Je veux maintenant faire un examen raisonné et sincère
de la doctrine en analysant les travaux de quelques auteurs
modernes qui s'en sont déclarés les ardents défenseurs.

Remarquons tout d'abord que les promoteurs de l'Homœopathie n'aspirent pas seulement à instituer une doctrine
connexe à l'ancienne thérapeutique ne demandant qu'à se
produire à ses côtés et à vivre en bons termes avec elle. Leurs
prétentions vont plus loin, ils veulent conquérir le monopole médical et accaparer à leur profit tout ce que la science
a pu acquérir jusqu'ici de notions thérapeutiques ; ils trai-
tent avec un superbe dédain l'antique médecine tout entière,
et s'arment pour la combattre d'une audace effrontée à
défaut de raisons. Il n'y a pas lieu de s'en étonner en voyant
l'un des plus hardis charlatans du moyen-âge, **Paracelse**,
préconisé par un de leurs ancêtres.

Le livre de M. Imbert-Gourbeyre, professeur de matière
médicale à l'Ecole de médecine de Clermont-Ferrand, n'est
pas seulement consacré à la défense de l'homœopathie ;
(*Leçons publiques sur l'homœopathie*, 1865), il est rempli
d'attaques virulentes, de diatribes passionnées contre ce
qu'il appelle l'Allopathie.

L'auteur accumule avec une complaisance marquée toutes
les allégations produites contre l'incertitude et l'ignorance
des connaissances thérapeutiques ; il fait ressortir l'incrédulité d'un grand nombre de médecins à ce sujet et le désarroi complet qui préside, dans le traitement des maladies,
à l'application des agents médicamenteux ; application le
plus souvent sans motifs même apparents qui puisse la justifier.

Nous sommes forcés de nous dire tout bas que ces
coups ne portent pas toujours à faux.

Après avoir ainsi démoli tout l'échaffaudage thérapeutique, l'auteur se lance dans l'éloge à outrance de la doctrine fondée sur la loi des semblables ; « doctrine dans laquelle on arrive, avec une simplicité extrême, à combattre

les symptômes des maladies à l'aide d'agents reconnus par expérience capables de reproduire, dans l'état de santé, ces mêmes maladies. »

Toutes ces violences, à mes yeux, témoignent bien plutôt de la faiblesse des moyens de défense du système, qui ne répond de cette manière à aucune des objections dont il est l'objet. Ce n'est pas en procédant ainsi que l'on met de son côté ceux qui veulent des raisons et non des injures.

Remarquons cependant qu'à l'heure qu'il est le système Homœopathique consiste tout entier dans *la loi de similitude;* la question des doses infinitésimales n'est plus qu'accessoire. Cela est si vrai que le fondateur de l'école n'employait, à l'origine, que des doses dites massives, et qu'il y a aujourd'hui un grand nombre d'adeptes qui emploient les médicaments aux doses ordinaires et ne se prétendent pas moins Homœopathes.

« M. Imbert-Gourbeyre et bien d'autres qui soutiennent la loi de similitude emploient les agents thérapeutiques à des doses matérielles ou massives, en tout comme les Allopathes. »

Mais à ce compte qu'est-ce qui distingue les deux écoles ?

Nous venons de voir que ce ne sont pas les doses. Les agents médicamenteux employés des deux côtés sont-ils différents ?

Il y a du moins différence dans les motifs d'application : d'un côté on prétend agir contre la maladie par les contraires ; d'un autre on intervient en vertu de la loi des semblables.

Mais les agents thérapeutiques sont-ils différents ?

Je réponds hardiment à cette question par la négative.

L'ancienne doctrine, l'allopathie, employait de temps immémorial un certain nombre d'agents thérapeutiques dans un but déterminé et contre des états morbides bien définis; elle basait cette pratique sur l'observation d'un grand nombre de faits et sur l'expérimentation soit indirecte et fortuite chez l'homme, soit directe chez les animaux.

La nouvelle école, l'Homœopathie, apporte une interprétation nouvelle de l'effet des remèdes; mais va-t-elle recourir à des agents nouveaux, à des moyens jusque-là inconnus ?

Pas le moins du monde; elle emploie le Quinquina contre la fièvre intermittente; je me trompe, contre les symptômes de la fièvre; l'Arsenic et le Soufre contre les affections dartreuses; la Noix vomique contre certains troubles de l'estomac; la Belladone contre la scarlatine et la rougeôle, etc., etc.

Et encore elle dirige ces agents, non contre des affections définies, mais contre des symptômes; et cela sans aucun point de vue rationnel; elle prétend ainsi détruire des symptômes et ne s'occupe pas des maladies.

Hahnemann reconnaissait bien que, dans la maladie, l'organisme matériel n'est pas seul affecté; que c'est l'homme qui est malade. « Or, celui-ci est à la fois organisme et force; c'est-à-dire matière et principe immatériel. Sans doute il faut étudier les organes, leurs fonctions, les altérations qu'ils peuvent éprouver dans les maladies; mais le principe vital perçoit dans l'organisme es premières impressions de la maladie; il est malade le premier. »

Cette appréciation du point de départ des maladies peut être exacte pour un certain nombre de cas, mais ne l'est pas toujours; puis les altérations organiques succèdent le plus souvent, et alors que devient le symptôme considéré isolément?

Il faut dire toutefois que si le maître a eu jadis des principes absolus et erronés partagés encore par les disciples les plus ardents, il a reconnu plus tard que son système devait comporter certaines restrictions; mais il les a trop peu développées.

« Lorsque la vie physique est suspendue, dit-il, quand il y a oppression de la force vitale, il faut recourir à d'autres agents thérapeutiques à l'exclusion des agents homœopathiques [1].

Les disciples passionnés du système auxquels l'expérience fait encore défaut n'admettent guère ces restrictions ; mais les praticiens instruits à l'école des faits en reconnaissent le bien fondé ; et lorsqu'ils se trouvent en présence de maladies accusant des altérations matérielles graves et profondes, ils se gardent bien de s'en tenir à la Thérapeutique globulaire. Ici, disent-ils, l'Homœopathie n'est plus indiquée, il faut une autre médecine. On les voit alors, puiser dans les ressources de la thérapeutique ancienne des agents puissants, capables de conjurer le mal : vésicatoires, ventouses, émissions sanguines mêmes, et les médicaments aux doses énergiques de la médecine commune.

Ceux d'entre eux qui sont vrais praticiens font alors de la thérapeutique sérieuse et reconnaissent que l'heure de *l'inaction* est passée.

Une telle conduite est l'objet d'un immense ébahissement de la part des jeunes et purs homœopathes qui n'y comprennent plus rien et qui parfois commencent, dès ce moment, à ouvrir les yeux sur la valeur du système.

Les faits de cette nature, croyez-le bien, sont loin d'être rares.

S'il en est ainsi, on peut se demander ce qui en réalité distingue les deux écoles ; puisque des deux côtés on emploie les mêmes agents thérapeutiques dans des affections identiques.

Il ne reste plus que la question des doses ; or nous avons vu qu'elle est demeurée en dehors du principe fondamental et n'est plus qu'opinion sans valeur.

Il n'y a plus dès lors en présence que deux systèmes thé-

1 *Organon*.

rapeutiques : celui de l'**action** et celui de l'**expectation** ; la doctrine de l'affirmation et la doctrine de la négation ; et que vous continuerez de nommer, si cela vous convient, la 1re l'Allopathie, la 2me l'Homœopathie.

Je pratique la 1re quand l'indication Thérapeutique apparaît bien déterminée et impose une intervention active immédiate ; je fais appel à la 2e toutes les fois que l'opportunité et l'indication me font défaut et que l'absence de ces conditions m'imposent une expectation vigilante.

Après une telle déclaration de principes, s'il prenait fantaisie à l'école Homœopathique de m'enrôler sous sa bannière, je ne vois pas trop comment je pourrais m'y opposer.

IV.

J'ai fait remarquer déjà que la question des doses infinitésimales n'était plus considérée que comme un détail sans valeur dans l'appréciation du système ; je tiens à appuyer mes dires de citations puisées à des sources authentiques.

« Du reste, nous répéterons ici que les doses infinitésimales ne constituent pas un des principes fondamentaux de l'homœopathie, qu'elles ne sont qu'une conséquence plus ou moins directe de la loi de similitude ; puisque Hahnemann ne les a pas employées au début, et que maintenant encore quelques médecins de la nouvelle école emploient souvent des doses matérielles sans pour cela se croire moins homœopathes [1].

« L'homœopathie, dit M. Imbert-Gourbeyre, est tellement indépendante de la question des globules, qu'il y a pour ainsi dire à cette heure dans l'école hahnemannienne des homœopathes à toute espèce de doses. Je connais un grand nombre d'homœopathes, soit en France, soit à l'étranger,

---

1 *Annuaire homœopathique,* par MM. Catellan frères, Pharmaciens, Paris, J. B. Baillière, 1863, p. 63.

qui ne se servent des médicaments qu'aux doses tradition-
nelles ou massives. Il en est d'autres qui n'administrent que
des doses infinitésimales. D'autres enfin emploient suivant le cas, tantôt des doses massives, tantôt des doses infinitésimales, et professent qu'on peut administrer les médicaments à toute espèce de doses : *omni dosi*. J'appartiens
à cette dernière catégorie [1]. »

Mais il faut du moins que pour procéder de la sorte les
homœopathes croient à l'efficacité des doses infinitésimales;
s'il en est ainsi pour la plupart, même pour ceux qui pra-
tiquent à toute dose, je ne l'affirmerais pas pour ceux qui
s'en tiennent exclusivement aux doses anciennes.

Aussi les premiers font-ils tous leurs efforts pour écarter
le ridicule jeté avec raison sur les globules et les dilutions
et pour convaincre par des faits analogues à leurs yeux de
leur efficacité.

« Voulez-vous savoir, dit M. Imbert (p. 168) à quoi se réduisent ces quantités de liquide nécessaires aux dilutions
que l'on a comparées à l'eau de la Seine, de la mer Noire, de
l'Océan et même à l'ensemble incommensurable de tous
les mondes :

« Toute l'eau de la mer Noire que l'on dit nécessaire pour
faire la 11e dilution se réduit à un tiers de verre, à 55
grammes d'eau ; par la simple raison qu'on n'emploie à
chaque dilution que 5 grammes de liquide et que 11 fois
5 grammes font 55 grammes.

« Ces 240 mille soleils remplis d'eau qu'il faudrait employer pour la 20e dilution se réduisent à 100 grammes
d'eau, ce qui ne fait pas même un verre ; parce que dans
tous les pays éclairés par ces soleils, 5 fois 20 font 100 et
pas davantage.

« Cette quantité d'eau incommensurable qui, d'après les
adversaires de l'homœopathie, devrait être employée pour

1 *Lectures sur l'homœopathie*, p. 165.

arriver à la 30ᵉ dilution, savez-vous encore à quoi elle se réduit? A ce verre d'eau dans lequel j'ai mesuré exactement 150 grammes, et toujours par la même raison arithmétique, parce que 30 fois 5 grammes employés à chaque dilution ne donnent que 150 grammes de liquide, et voilà comment tous ces fleuves, toutes ces mers, tous ces mondes... viennent se noyer dans un verre d'eau!... »

Nous disons, nous : Voilà par quels traits d'habileté les homœopathes qui, vous le voyez, ne manquent pas d'esprit, prétendent tirer le système des mauvais cas.

Nous reconnaissons l'exactitude de ces faits ; nous concevons que tel doit être le procédé de l'homœopathie dans l'application de ses dilutions; mais ce que nous tenons à faire ressortir avec tous les hommes sérieux, c'est le rapport proportionnel dans lequel se trouve le médicament eu égard aux diverses dilutions.

Nul doute que vous ne puissiez donner ces dilutions diverses, même les plus considérables, dans une proportion de liquide acceptable pour l'usage. Mais dites, je vous prie, dans quelle proportion se trouve la dose du remède employé dans la 1ʳᵉ dilution, par rapport à la masse de liquide dans laquelle cette dose a dû être mêlée pour former la 10ᵉ, la 20ᵉ ou la 30ᵉ dilution? et c'est ce rapport que veulent établir, vous le savez bien, ceux qui comparent votre remède à ce que serait la dose de 5 centigrammes d'émétique ou d'arsenic jetée dans le lac de Genève ou dans la Seine.

Et ne dites pas qu'il n'en est pas ainsi; la Pharmacopée homœopathique, votre Codex à vous, indique explicitement le fait comme l'expression de la réalité.

« Que nous font les doses, dit Hahnemann; ce n'est pas par la masse matérielle qu'agit le remède mais seulement par son action dynamique. »

Il ne lui reste plus qu'à soutenir que l'action dynamique est d'autant plus puissante que l'élément matériel est plus atténué ; et il le soutient.

« Ainsi l'or, qui n'a sur l'homme aucune action dans son état ordinaire, possède des vertus merveilleuses quand il est au *quadrillonième*; il suffit d'en faire respirer un flacon au mélancolique-suicide pour le faire revenir à des sentiments naturels. »

Tels sont les arguments puissants au moyen desquels les adeptes de l'homœopathie soutiennent leur doctrine.

V.

Cependant malgré l'étrangeté de ses assertions la doctrine homœopathique a su se rallier de nombreux partisans ; et la vogue dont elle a joui quelque temps est loin encore d'être à sa fin.

A quoi tient cette faveur ?

1° D'abord au prestige attrayant de ses promesses et à l'extrême facilité de ses applications.

En ne tenant pas compte des lésions organiques quelles qu'elles soient, Hahnemann supprime du même coup l'anatomie et la physiologie pathologiques, et se concilie ainsi la foule des esprits paresseux et ignorants qui ont trouvé ce système fort commode.

« Tandis qu'un médecin esclave des classifications nosologiques attend que les symptômes spécifiques de quelques maladies connues se soient développés et *perd ainsi un temps précieux ;* le disciple d'Hahnemann peut immédiatement prescrire un remède utile, pourvu que parmi les médicaments dont il dispose il s'en trouve un dont les propriétés pathogéniques s'accordent avec les symptômes observés.

« L'avenir de l'homœopathie est donc dans l'étude physiologique des médicaments par leur expérimentation sur l'homme sain [1]. »

---

1 Les harmonies médicales et philosophiques de l'Homœopathie par le Dr Béchet (d'Avignon).

Que penser vraiment d'une outrecuidance pareille? Et il s'agit de l'emploi de globules aux doses que l'on sait!... Ne dirait-on pas que le globule va enlever la maladie comme avec la main ? De quel œil de pitié est regardée l'allopathie par ces habiles médecins ...!

Mais il faut entendre la suite :

« Cette théorie si belle en apparence, offre dans la pratique des difficultés qu'on chercherait vainement à déguiser.

« Hahnemann énumère dans sa matière médicale environ 3,000 symptômes (trois mille) pathogénétiques de la Belladone et autant du Quinquina. Comment prescrire ces médicaments d'après la conformité de leurs symptômes avec ceux de la maladie? — On s'arrêtera aux plus importants.— Mais comment déterminer cette importance? Nous retombons nécessairement dans l'empirisme et l'arbitraire [1]. »

En procédant d'après cette base, il n'y a peut-être pas une maladie dans laquelle on ne rencontre quelques-uns, beaucoup même, de ces 3,000 ou 6,000 symptômes ; et dès lors qu'avons-nous besoin de rechercher d'autres remèdes? Nous avons assez de la Belladone et du Quinquina ; ils peuvent suffire à tout ; tenons-nous-en là.

La médecine, à ce compte, sera non-seulement facile, mais sure ; tout le monde peut ainsi pratiquer l'art médical et cela sans instruction, ni étude, ni diplôme ; il suffit d'avoir des yeux et de regarder.

Cependant les choses ne se passent pas toujours avec cette rigoureuse uniformité. Bien que les médicaments soient invariables aux yeux des homœopathes; il n'en est pas de même de leurs effets. Ceux-ci varient avec les conditions individuelles.

On peut donc révoquer en doute les propriétés pathogé-

---

1 Béchet (d'Avignon).

nitiques de la matière médicale de Hahnemann, puisque les effets physiologiques des médicaments peuvent être différents selon les individus.

Le maître d'ailleurs l'a reconnu : « S'il est vrai, dit-il, et cela ne peut être douteux, que les accidents *maladies* subissent des modifications selon les lieux où ils se produisent, il doit être vrai aussi que les individus qui habitent ces lieux subissent aussi l'influence des milieux dans lesquels ils vivent ; n'est-il pas à peu près certain que le même médicament ne les modifiera pas d'une manière identique ? [1] »

Un autre homœopathe reconnaît que le même agent thérapeutique donnera des symptômes différents suivant que l'expérimentation se fera sur des Allemands ou sur les habitants du midi de la France. Peut-être même, peut-on ajouter, que les doses homœopathiques ne feront rien du tout sur les uns comme sur les autres.

L'école nouvelle qui démontre comme très facile l'application de son système, reconnaît donc des conditions éventuelles dans lesquelles les médicaments les mieux indiqués par l'analogie des symptômes ne répondront pas par les effets attendus. C'est pour elle une porte ouverte pour sauvegarder les principes de la doctrine.

Ce qu'elle nomme l'électivité et la contingence ne sont que les conditions d'influence variable des médicaments selon l'aptitude individuelle. Ce qui a été désigné sous le nom de réceptivité, c'est la contingence. L'électivité est le fait de l'action spéciale ou élective des agents médicamenteux s'exerçant spécialement sur certains organes.

2° L'incrédulité qui domine aujourd'hui dans le monde médical, et la déconsidération jetée sur l'application ordinaire de la Thérapeutique n'ont pas été étrangères au succès de la nouvelle école.

1 *Organon.*

Le scepticisme qu'affichent sur tous points bon nombre de médecins et qui porte sur la science même qu'ils professent, scepticisme qui des savants a gagné de proche en proche jusqu'aux masses populaires, telles sont peut-être en partie les causes de la faveur d'une théorie qui, en face de dénégations presque absolues, s'affirme avec le zèle et l'audace de la conviction la plus sincère.

L'école Homœopathique se prévaut de cette situation ; elle taxe l'Allopathie d'école matérialiste qui ne voit dans l'homme que l'organisme et rien de plus ; tandis qu'elle seule tient compte de la double nature de l'homme et de la prééminence de l'esprit sur la matière, de l'activité sur l'inertie.

Le désarroi qui règne dans la science à l'endroit de la thérapeutique a rallié, semble-t-il, à l'Homœopathie plusieurs esprits élevés, travaillés depuis longtemps par l'inquiétude que jette partout le scepticisme médical. Espérant trouver là un point d'appui nouveau pour leurs croyances éteintes, ils se sont mis à l'étude ; mais je ne sache pas qu'ils soient arrivés à une étape solide.

Le système étudié en a conduit quelques-uns à dire : Peut-être ;... qui sait ?... et ils ont, dès lors, pratiqué l'homœopathie. D'autres, après la même épreuve, sont devenus d'ardents disciples de la nouvelle école, la défendant avec talent contre les attaques dont elle est l'objet ; et s'ils n'en adoptent pas tous les principes avec leurs conséquences, ils s'y sont ralliés du moins comme à un système qui ne mettait pas à néant toutes les croyances spiritualistes. Ces hommes de cœur et de conviction, dignes sans doute de tous les égards, ont le tort, je le dis à regret, de ne voir que matérialisme et scepticisme absolus dans les défenseurs de l'Allopathie et de considérer les disciples d'Hahnemann comme les tenants exclusifs des doctrines animistes.

Il faut déplorer de pareilles appréciations. Bien qu'il soit vrai que le matérialisme le plus radical, sous le nom de

Positivisme, soit le partage aujourd'hui d'une bonne partie du corps médical français ; il faut dire qu'il est encore un bon nombre de praticiens qui, repoussant avec mépris un pareil système, demeurent franchement attachés aux *idées spiritualistes* et se renouent à la chaîne ininterrompue des médecins croyants les plus savants et les plus dignes du siècle précédent.

Quant à la propagation de la doctrine Homœopathique parmi les gens du monde, il faut remarquer que ce n'est pas dans les classes ouvrières qu'elle a pris le plus de vogue Ici quand on songe à faire appel aux secours de l'art, les maladies sont trop accentuées pour qu'on puisse se contenter de les combattre par des globules ; et le bon sens naturel fait bientôt apprécier l'inanité de ces aberrations.

Ceux qu'on trouve à ce sujet les plus crédules sont les riches oisifs, surtout les femmes désœuvrées et livrées aux plaisirs. Là on se tâte, on s'écoute sans cesse ; le moindre signe de souffrance est transformé en maladie et devient source d'alarmes ; une médication vraie, sérieuse n'a pas le plus souvent sa raison d'être, et elle serait d'ailleurs fort mal venue pour peu qu'elle suscite gêne ou déplaisir aux sens. Mais advienne une parole autoritaire et absolue qui affirme le succès grâces à ces *globules de rien* qu'enveloppe le mystère ; dominé par l'attrait de la nouveauté, on accepte avec bonheur une médication si commode et si simple à laquelle un succès rapide et annoncé à l'avance va créer une vogue nouvelle.

La clientèle de l'homœopathie se recrute encore parmi cette foule d'esprits légers et peu éclairés, avides d'innovations et qui, très peu confiants dans la science vraie, se montrent fort accessibles aux promesses des guérisseurs équivoques et des charlatans.

Mais, chose étrange, on trouve la foi et une foi robuste, à l'homœopathie, là où on devait le moins s'attendre à la rencontrer ; on la voit chez les tenants les plus absolus de la libre pensée et du Positivisme. Des hommes qui ne croient à rien qu'au témoignage de leurs sens, qui n'admettent que ce qui leur est expérimentalement démontré, donnent leur foi à la doctrine homœopathique ; ils acceptent pour leur famille et pour eux-mêmes la médication hahnemannienne, se soumettent pieusement à toutes les prescriptions du système et *avalent les globules* !...

Je n'aurai rien à ajouter en témoignage de mon assertion, quand j'aurai cité le plus radical sceptique du temps, Joseph Proudhon confiant sa santé et celle des siens aux soins assidus du docteur *homœopathe* Crétin [1].

VI.

Voyons maintenant si la Thérapeutique vraie n'a pas eu quelque chose à recueillir des développements auxquels a donné lieu la discussion du système Homœopathique.

Une circonstance qui concourut peut-être à donner faveur à la doctrine nouvelle fut le jugement porté par Trousseau.

Le savant professeur analyse avec une sorte de complaisance les bases du système, combat toutes ses affirmations avec une logique remarquable ; mais n'hésite pas cependant à faire ressortir quelques conséquences heureuses pour la pratique médicale qu'a suscité l'étude de la doctrine Hahnemannienne.

Il signale en 1er lieu l'étude plus attentive et plus suivie de la matière médicale, et des effets physiologiques et thérapeutiques des médicaments

Il faut dire toutefois que cette application plus spéciale aux études thérapeutiques dans ces derniers temps, quand même elle n'eût pas été stimulée par les recherches de la doctrine nouvelle, aurait été suffisamment déterminée par

1 Correspondance de Proudhon. Passim.

le développement récent des études chimiques, lesquelles ont conduit à isoler, des médicaments naturels, les principes actifs et à en expérimenter l'action après les avoir dépouillés des éléments inertes avec lesquels ils se trouvaient confondus.

Ces expériences, ces recherches eussent été, dans tous les cas, continuées de notre temps ; mais peut-être que la pensée de contrôler avec soin les idées émises par Hahnemann a déterminé à porter sur les effets des médicaments une investigation plus exacte.

Le 2me résultat de la pratique hahnemannienne a été une attention plus grande apportée dans la prescription des moyens de l'hygiène ; et ce résultat, avouons-le, n'est pas sans importance.

Convaincue ou non de l'inanité de ses remèdes à l'état de globules, l'école Homœopathique s'attache essentiellement à prescrire, avec une rigoureuse exactitude, l'application de toutes les règles d'hygiène ; tout, pour le malade, est réglé par elle : régime, vêtements, impressions morales, mouvements, repos, actes de toutes sortes ; en un mot, le malade ne fait rien, pas un geste, qui ne soit l'objet d'une prescription.

La soumission à cette règle devient sa constante occupation, absorbe toute son attention ; le bien-être qui résulte d'une pareille condition est bientôt constaté et porte l'esprit à un degré de confiance que n'obtient pas toujours la médecine ordinaire ; celle-ci ne s'attachant qu'aux prescriptions réellement utiles et dédaignant de prendre le masque du charlatan par des injonctions presque ridicules sur l'importance desquelles les malades sont seuls à conserver l'illusion.

Ajoutez à ces délicatesses d'attention le prestige de remèdes prétendus secrets sur lesquels plane une mystérieuse influence et acceptés avec une confiance sans limites ; vous aurez ainsi la clef de la plupart, pour ne pas dire plus, des guérisons attribuées à la médecine homœopathique quand elle n'intervient que par ses globules. Le reste est le fruit de l'action médicatrice et spontanée de la nature.

Je sais bien que l'école nouvelle se récrie fort contre ce mode d'interprétation ; elle ne prétend pas qu'on puisse admettre qu'elle attache plus d'importance aux prescriptions hygiéniques que ne le fait la médecine ancienne. Elle ne veut pas non plus qu'on attribue à l'imagination des malades les nombreuses guérisons obtenues ; elle tient à en réserver tout le mérite à ses globules et à ses atténuations.

Elle exhibe à cet égard une preuve qu'elle croit péremptoire et elle doit l'être : c'est que l'Homœopathie appliquée à la *Médecine vétérinaire* a compté et compte tous les jours de nombreux succès.

C'est l'Angleterre et l'Allemagne qui ont été surtout témoins de ces merveilles : « Un certain nombre de médecins vétérinaires ont soumis au contrôle de l'expérience la thérapeutique nouvelle ; et ils n'ont eu qu'à se féliciter des résultats qu'elle a fournis. Ils ont souvent guéri là où les moyens ordinaires s'étaient montrés impuissants, et, dans une foule de cas, ils ont pu éviter ces opérations par le fer ou par le feu dont on est en général si prodigue dans le traitement des animaux.

« L'action incontestable de nos médicaments sur les animaux est une réponse péremptoire à ceux qui prétendent que les résultats obtenus par l'Homœopathie doivent être attribués à l'influence qu'elle exerce sur l'imagination des malades [1]. »

Un 3me enseignement est ressorti de la pratique hahnemannienne ; c'est qu'un certain nombre de maladies même très graves dans lesquelles jusque-là la Thérapeutique ordinaire employait des remèdes variés et souvent même très

---

[1] *Annuaire homœopathique*, 1863, page 287.

énergiques ont pu guérir entre les mains des Homœopathes par l'emploi de leurs dilutions et de leurs globules; c'est-à-dire en ne donnant pas de remèdes du tout.

Or cette observation de la marche spontanée des maladies constitue une sorte d'expérimentation qui ne peut se justifier que par la ferme conviction des adeptes de la doctrine. Et, à ce point de vue, sans donner au système ni approbation ni improbation, nous avons pu profiter des expériences faites sans en porter la responsabilité.

Il résulte donc de ces épreuves qu'un certain nombre de maladies même très graves, traitées par le système homœopathique, avec l'auxiliaire de prescriptions hygiéniques sévères, se sont terminées plusieurs fois par une guérison complète. Mais à côté de ces faits il en est d'autres de même nature dont la terminaison funeste eût été conjurée peut-être par l'intervention d'une thérapeutique active.

Il est arrivé par suite que, dans les localités où ce système a dominé pendant quelque temps, les praticiens se sont accoutumés peu à peu à s'attacher davantage aux prescriptions hygiéniques et ont négligé presque complètement l'emploi des agents thérapeutiques ordinaires; de telle sorte que les officines y ont été délaissées et le rôle de la pharmacie s'est trouvé réduit presque à rien.

Telle est la situation que présentait à une certaine époque le service pharmaceutique à Vienne; au point que quelques années plus tard, quand l'engouement pour l'Homœopathie fut un peu dissipé et qu'on commença à revenir à la Thérapeutique vraie, on trouva les officines presque abandonnées et dégarnies des agents réellement efficaces.

Il faut remarquer cependant que si depuis quelque temps le traitement d'un certain nombre de maladies aiguës graves par la méthode *expectante* a pris plus d'extension, ce n'est pas à la doctrine hahnemannienne qu'il faut en attribuer tout le résultat; cela tient à plusieurs causes : 1° à l'étude plus exacte de la nature et de la marche des maladies qui a permis de reconnaître, pour quelques-unes, une période de durée peu variable et inaccessible aux influences thérapeutiques ; 2° aux études plus approfondies de la chimie organique qui ont permis de constater d'une manière plus positive les altérations des fluides difficilement modifiées par l'action médicale ; 3° aux recherches histologiques qui ont éclairé davantage sur la nature des tissus normaux et pathologiques.

Enfin une certaine part doit être faite aussi aux résultats fournis par la Statistique médicale ou à la méthode numérique appliquée à la thérapeutique *quand cette application est faite dans un sens erroné.*

Ajoutons encore la tournure d'esprit d'un certain nombre de médecins distingués qui dédaignent de suivre la voie commune et aspirent à se séparer de la foule par une pratique d'innovation difficilement justifiée souvent par des mobiles sérieux et rationnels.

Telles sont à mes yeux les causes diverses qui ont exercé dans ces dernières années une influence considérable sur la Thérapeutique et ont déterminé ses tendances dans le sens de la doctrine Homœopathique, sans que pour cela, celle-ci soit en droit de revendiquer une part dans cette modification.

Ce changement d'ailleurs ne sera que provisoire ; et on peut dès ce moment augurer des progrès nouveaux de la science que le jour n'est pas loin où de nouvelles recherches conduiront à l'emploi d'une Thérapeutique rationnelle efficace pour combattre des affections graves devant lesquelles, à l'heure qu'il est, la science ne trouve à conseiller qu'une vaine et triste expectation ; c'est-à-dire l'impuissance et l'inertie.

Y a-t-il lieu, après l'examen que nous venons de faire, de résumer nos impressions sur la doctrine Homœopathique ? Il semble que nos conclusions doivent être suffisamment pressenties. Nous nous contenterons de quelques courtes réflexions.

On peut se demander d'abord quelle est la base fondamentale du système? Si elle repose uniquement sur la loi des semblables, ou bien en même temps sur le principe de l'action des doses infinitésimales et, par suite, sur le dynamisme thérapeutique, et sur la réalité de ce dynamisme.

1° La loi de similitude entendue par le système par rapport aux symptômes? Mais le symptôme n'est pas la maladie ; le symptôme est un témoin, mais n'est pas le coupable ; il est l'agent accusateur d'un délit.

Mais supposons que ce soit la maladie révélée ; avec quels agents la combattez-vous ? — Avec ceux reconnus par la loi de similitude.

Mais ces agents sont tous les mêmes que ceux de la médecine ancienne. *Il n'y a donc entre nous aucune différence.*

2° Les doses infinitésimales sont expliquées dans leurs effets par leur action dynamique et vous prouvez ces effets par l'appel à l'expérience. — Mais où sont vos faits? des faits réels patents? Ceux que vous citez sont plaisants...

Les cas graves d'affections aiguës que vous avez traités, — et guéris, dites-vous, — sont des faits de guérison spontanée par la nature médicatrice.

Vos globules ont pu exercer une action morale utile pour bannir les craintes et appréhensions du malade; mais de preuves de guérison par le fait de vos globules, je n'y crois pas ; parce qu'il n'y a rien dans vos globules et que votre dynamisme thérapeutique n'existe pas.

Toutes les guérisons par vos globules seraient autant de miracles ; or vous n'êtes pas tous des Thaumaturges.

Il peut y avoir de la part de quelques-uns des vôtres un prestige moral puissant sur les malades ; mais cela ne pro-

duira jamais ni la résolution rapide d'un engorgement vis-
céral, ni la disparition d'une lésion organique, de la pleuro-
pneumonie ou de la péritonite, ni la cessation d'une fièvre
typhoïde à son début; non plus que les *magnifiques exploits*
de l'art vétérinaire.

En un mot, je ne crois pas à vos miracles.

Et, pour résumer toute ma pensée sur l'Homœopathie, je
dirai qu'il n'y a là rien de nouveau ni surtout rien de
sérieux.

Lille.—Imp. Lefebvre-Ducrocq

www.ingramcontent.com/pod-product-compliance
Lightning Source LLC
Chambersburg PA
CBHW071114260626
47162CB00006B/2322